Zeibekiko

Michalis S. Kokkinos
Zeibekiko

Übersetzung aus dem Griechischen
Renate Symeonidis-Schulz

GATZANIS

Griechische Erstausgabe mit dem Titel: Zeibekiko
© Michalis S. Kokkinos und OMVROS E.P.E. 2001, Athen

Zeichnungen: Umschlag und Inhalt, Panos Kiparissis
Lektorat: Kali Pagioulatou-Kiparissi
Umschlaggestaltung und Satz: BUCHMACHEREI Ralf Rüffle
Druck: OMVROS E.P.E., Athen

1. deutsche Lizenzausgabe Gatzanis Verlags-GmbH 2001/2002
Übersetzung: Renate Symeonidis-Schulz

ISBN 3-932855-05-1

Michalis S. Kokkinos wurde 1962 in Piraeus geboren. Schon in sehr jungem Alter begann er, Musik und die Schönen Künste zu studieren. Seine Studien in Komposition und Malerei setzte er in München fort (1980–1982).

Bei seinem ersten künstlerischen Suchen und auch während seiner Studienzeit hatte Michalis S. Kokkinos als Inspirator und Lehrer seinen Großvater, den Bildhauer Michalis G. Kokkinos (1900–1990), dessen Werk weltweit anerkannt ist.

Im Jahr 1981 gibt er die Zeitschrift „Elliniki Foni" („Griechische Stimme") in München, heraus. Er ist ständiger Korrespondent der Brüsseler Zeitung „Nationaler Bote", Mitglied der Vereinigung von Korrespondenten der Griechischen Presse im Ausland und seit 1982 auch Mitglied der Internationalen Vereinigung von Journalisten der Presse in französischer Sprache.

In Athen gründete er 1983 den Verlag „Techni & Logos" (Kunst & Wort) und 1984 den Verlag „Omvros".

Es sind neun Bücher von ihm erschienen. Die von ihm komponierte Musik für sechs Instrumente, ist als CD unter dem Titel „Okeanos" („Ozean") erhältlich.

Inhalt

Der Zeibekiko der Kinder	11
Die Verwünschung des Al	17
Sildaua	25
Das Dilemma des Ellyrius	53
Unzüchtige Anträge	85
Der Taschenspieler	93
Die 45iger	99
Marie Isabelle	129
Das Fläschchen mit der lilafarbenen chinesischen Tusche	137
Der Blumentopf mit der Peperomie	143
Der Jüngling mit den großen Augen	149
Die Sage von der Meerjungfrau	157
Der letzte Brief	165

Der Zeibekiko der Kinder

Wir zogen gegen eine vollkommen gerade Linie. Wir drehten uns um unsere Achse. Seitlich zeigte sich eine kleine, sympathische Ellipse. Sie übersehend, stiegen wir bergauf, bis wir nur wenig von der ersten vollkommen geraden Linie entfernt waren. Dort drehten wir uns nach rechts, einen schönen Bogen zeichnend, und stiegen bergab. Ein wenig später marschierten wir wieder bergauf, wo wir abermals einen Bogen ausführten. Wir hielten an. Wir hatten uns zu weit entfernt und die meisten der Gruppe fluchten. Plötzlich erschien ein Kinderkopf mit einem Maul, böse und aufgerissen, gleich einem wilden Tier. Es brüllte. Wir waren uns alle gleich einig, auch zu brüllen. Das Kind kam ins Stocken. Dann machte es einige zögernde Schritte nach vorn. Wir folgten seinem Beispiel. Ging es zurück, gingen wir zurück. Ging es nach vorn, gingen wir nach vorn. Brüllte es, brüllten wir. Offensichtlich waren wir zu Kindern geworden. Wir bewegten uns auf allen vieren, erhoben uns nur ab und zu auf unsere hinteren Füße und kicherten.

Zeibekiko

Das ursprüngliche Kind verschwand verwirrt und enttäuscht, dass es nicht fertiggebracht hatte, uns zu erschrecken. Wir zogen unverzüglich gegen das Dorf. Es würde vortrefflich sein. Die Dörfler und wir die Kinder.

In einem fort brüllend und Steine auf unserem Weg auslösend, die wir vor uns in wild rasendes Rollen brachten, hatten wir die große Entscheidung getroffen. Wir würden das Blut aller Dörfler trinken und dann, gesättigt und berauscht, würden wir den Zeibekiko anführen, den Toten zu gefallen.

Das Dorf, ahnungslos was auf es zukam, zeigte sich anmaßend. Wir machten uns Mut und das Brüllen verstärkte sich jetzt zusehends.

- Ha, das wird etwas geben, kläfften einige.
- Menschen heißt es dann, murrte ein anderer.
- Wir werden ihnen das Blut trinken. Alles. Bis auf den letzten Tropfen.
- Drei Liter werde ich trinken, sagte einer mit hochgezogenen Lippen, seine Zähne zeigend.

Die Gruppe, wie es schien, machte keinen Spaß. Wir befanden uns schon auf der Straße, die geradeaus zur Kirche führte. Die Schändlichkeiten nahmen ihren Anfang. Der Priester, voller Bisse, lag tot auf dem Boden. Auf der rechten Seite seines Halses, die sogar ganz abgefressen war, sprudelte das Blut gurgelnd und warm heraus.

Der Zeibekiko der Kinder

Die erste Erfahrung erwies sich als vortrefflich. Tief bewegt verlangten wir unbarmherzig nach neuen. Das Dorf war unser. Das Leben unterschrieb heute im Morgengrauen den unwiederbringlichen Vertrag, dass es uns gehörte. Alle Dörfler erlitten innerhalb weniger Stunden das gleiche Schicksal. Wir beugten uns vor keinem Anblick, vor keinem Wehgeheul und Flehen. Unerbittlich vollendeten wir spielerisch unser brutales Werk. Mit vollgepfropftem Bauch und trübem Hirn führten wir den Tanz Zeibekiko an.

Nach unbeschwertem und langem Schlaf stiegen wir abwärts zur Hauptstadt. Die Heldentaten waren schon überall bekannt geworden. Man empfing uns als richtige Helden. Einige Kilometer vor der Stadt beklatschte man uns unter Jubelrufen. Bei unserer Ankunft waren alle politischen und weitere wichtige Persönlichkeiten anwesend. Der Führer des Staates hatte sogar eine Festrede bereit und viele der dort in der Menge versammelten, die ihre Gerührtheit und Bewunderung nicht unterdrücken konnten, jubelten uns mit Tränen in den Augen zu.

Gleich nach der Festrede, hatte der achtbare Bürgermeister ein lukullisches Mahl uns zu Ehren vorbereitet. Das Fest dauerte Stunden. Gegen Nachmittag wollten wir wieder erwachsen werden und auf zwei Füssen gehen, ohne weiter wie Kinder zu brüllen. Die Ungemütlichkeit und Enttäuschung der maßgeblichen Persönlichkeiten und sonstigen Anwesenden war deutlich zu spüren. Ihre Gesichter verdunkelten sich nun vor Abscheu. In ihren Augen funkelte jetzt nur noch der Ekel. Das Fest löste sich nach kurzem unerwartet auf.

❉ ❉ ❉

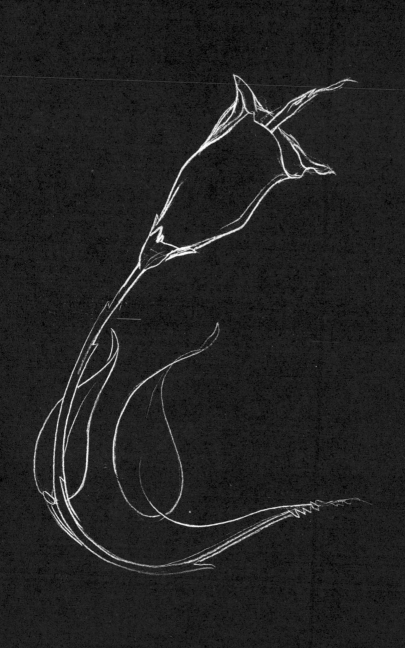

Die Verwünschung des Al

Schneewasser tropfte von oben. Nun schon vier Tage lang. Ihn störte es nicht. Gegen vier Uhr nachmittags erschien er und ging im großen Wald spazieren, der anstatt eines Gartens sein Haus kreisförmig umschloss.

Die Aufschläge seines langen, schwarzgrauen Gabardinmantels hatte er, wenn er zu dieser Arbeit ausging, immer hochgeschlagen. Der obere Teil seines Körpers endete in einer Mütze. Der untere in Stiefel. Die Wahl seiner Kleidung war mehr oder minder klassisch. Handschuhe trug er nie. Eine alte, von Holzwürmern langsam zerfressene, aber gut erhaltene Armbrust hing über seiner rechten Schulter. Drei giftige Pfeile in einem chinesischen, zu diesem Zweck vorgesehenen Behälter, drückten auf seine rechte Schulter. Jeder könnte denken, er ginge auf die Jagd. Er ging zu einer Arbeit, pflegte er zu sagen, wenn er zu diesen bestimmten Stunden abwesend war. Zu einer Arbeit, die nur ein echter Göttersohn mit solch einer Meisterschaft und Vollkommenheit ausführen konnte.

Zeibekiko

Er glaubte an keinen Gott, noch war er der Sohn eines solchen. Er war der Sohn einer wohlhabenden Familie, die trotz ihres Reichtums in der Geborgenheit ihrer Klasse lebte.

Für ihn war Gott er selbst.

Er verehrte und verrichtete seine Gebete unter seinem Bildnis, das an der mittleren Wand seines Zimmers hing.

Ein ungewöhnlicher und eigenartiger Mensch.

Keiner nannte ihn aber jemals verrückt. Er verstand es sehr gut sich zu verbergen und sich vor dieser Art von Beurteilungen zu schützen.

Geduld und Beharrlichkeit waren seine zwei grundlegenden Eigenschaften. Stunden konnten vergehen, bis er sein Ziel erreichte. Er machte sich nichts daraus, denn er wußte, dass er immer als Sieger hervorging.

Die mörderische, perverse Armbrust hatte Al, auf diesen Namen hörte er, also nicht dazu, damit sie einfach nur seine rechte Schulter beschwere. Die Arbeit, die er mit derselben erledigte, war absolut konkret.

Einst, als er noch ein Kind war, spielte er im Wald, nahe seines Hauses.

Damals ereignete sich die Verwünschung, die bis heute sein Leben peinigte und keine Anzeichen machte, zu enden.

Die Verwünschung des Al

Es war auch damals nachmittags gegen vier Uhr, als er, während er mit den Schwalben spielend, herumlief, eine wunderschöne Blume, die ihre Blütenblätter öffnete, entdeckte. Er betrachtete sie zerstreut, seine Schwalben vergessend. Die Pflanze wurde zum Kriechtier. Dessen Körper aber weiterhin von einem Blumenkleid bedeckt war. Die Kriechblume vergiftete eine seiner Schwalben, die auf der Stelle starb.

Das war die furchtbare unerbittliche Verwünschung, welche die Seele zusammen mit seinem Leben quälte. Die Rache und der Tod dieses Ungeheuers sind der Zweck seines Lebens. Seitdem hat er in seinem Geist diese bestimmte Stelle, wo die mörderische Kriechblume erschienen war, gut vermerkt. Seitdem geht er jeden Nachmittag zu dem grässlichen Ort des Unheils.

Wann immer die Kriechblume erscheint, um zu töten, was sich gerade vor ihr befindet, liegt Al, natürlich immer klug, mit gespannter Armbrust auf der Lauer. Der Pfeil verlässt die Sehne und die Kriechblume, getroffen zwischen den Augen von der sechskantigen Pfeilspitze, fällt tot nieder.

Das seltsame an genau dieser Stelle ist, dass der Kadaver gleich nach dem Tod alle notwendigen Eigenschaften annahm, um als eine Blume zu erscheinen die gleich ist an Schönheit mit dem, was im Kern des Mondes aufbewahrt ist.

Diese wertvolle Blüte nahm er mit derselben Vorsicht und Ehrfurcht, die seiner Seele eigen war, in die Hand. (Vielleicht findet sich dort der Grund, dass er nie Handschuhe trägt. Er will seinen Händen das erhabenste Geschenk darbieten das Anfassen der Blume zu fühlen). Daraufhin brachte er sie nach Hause, direkt in sein Zimmer.

Die Anbringung an der Wand des Zimmers trug auch von allen notwendigen Elementen zur erfolgreichen Vervollkommnung einer Funktion bei. Drei Wände voll bedeckt und besteckt mit diesen Blumen. Gute Arbeit. Die vierte, die das Gemälde mit seinem Bild hielt, hatte er nur diesem gewidmet. Bemerkenswert, aber auch nicht eigenartig ist, dass diese mondgesandte Blüte nicht welkte und natürlich auch kein Wasser zu ihrer Erhaltung benötigte. Das war aber auch eine Folge des Schicksals.

Während einer schwer herabfallenden Dämmerung, zurückkehrend von einer Versammlung, die zeitlichen Momente, die notwendig sind, um die hölzernen, inneren Treppen seiner Wohnung zu überschreiten und kurz bevor ihn diese in sein Zimmer führten, betrachtete er seine Nägel und wunderte sich.

Wie schnell sind sie gewachsen und verschmutzt!

„Sie müssen geschnitten werden", dachte er. „Mal sehen was ich damit mache".

(Er war ein pedantischer Mensch).

„Lass mich aber nicht den Sinn des Ganzen vergessen" setzte er sein Nachdenken fort, „und lass mich erst die Blumen loswerden. Sie beschweren so sehr die Atmosphäre. Außerdem beginnen sie, auch mich sehr niederzudrücken".

Das war leider eine Wahrheit. Er war müde. Dieser ständige Krieg mit dem Spuk hatte ihn sehr ermüdet.

Eines Tages, als der Mond rund wie ein Neujahrskuchen war, und sein Licht überschwenglich die Nacht beleuchtete, als ob er tausend Goldstücke in sich hätte, entschied er, ein Ende zu machen. Mit Bewegungen, die an einen Trauerzug erinnerten, begann er eine nach der andern die Blumen von den drei Wänden abzustecken. Diese Liturgie dauerte Stunden. Viele Stunden und schaudererregende zugleich. Jedesmal wenn er eine Blume absteckte, war es, als ob man ihm mit einer Feuerklinge einen Teil seines Körpers abschnitt. Trotz des Schmerzes zauderte er nicht, noch stöhnte er. In der Morgendämmerung, schwer erschöpft und voll tiefem Schmerz, kam das Ende. Die Morgendämmerung, als der Mond begann seine Macht zu verlieren und sein Licht langsam verlöschte, kam das Ende für die letzte Blume. Es kam das Ende für Al.

Die Schwalben, als seien sie verständigt, als wüssten sie was vor sich ging, umkreisten das Haus. Der Klang ihres Flügelschlages ließ einen erschauern. Die Bewohner des Hauses kamen auf ihre Balkone und an ihre Fenster und betrachteten bestürzt das Phänomen.

Was beklagen sie wohl, hörte man jemand sagen. Wahrhaftig, was beklagen sie!

✽ ✽ ✽

Sildaua

I.

Ich war sehr neugierig, herauszubekommen, wie diese „Existenz" mitten ins Herz von Russland gekommen war und noch dazu im tiefsten Winter.

Ich blieb meiner Schüchternheit gegenüber gleichgültig und empfahl ihr, mich in Ruhe zu lassen. Ich übersah auch gewollt die elementarste Höflichkeit, die der Raum verlangte, in dem ich mich befand und ging mit sicherem Schritt weiter in Richtung auf die „Existenz" zu, indem ich die Absätze meiner Schuhe tief in die schneeweißen, dichten, persischen Teppiche eingrub, mehr noch, als ich es sonst zu tun pflegte, da ich der Meinung war, damit einen eindrucksvolleren Stil zu erzielen.

„Guten Tag, ich heisse Garvous. Garvous Len. Darf ich bitten? Geben Sie mir die Ehre?"

Die Musiker spielten einen Tango. Ich befand mich hier auf dem Ball, auf Einladung der Gräfin von Montsnovs. Einer sehr sympathischen Dame, mit all den üblichen Volants, die ihr Rang und ihr weitläufiges zarisches Geschlecht ihr auferlegten. Ich hatte sie auf einer ihrer Reisen nach Europa kennengelernt. Sie würde sich schwer verletzt fühlen, wie sie sich charakteristisch ausdrückte, während sie mit mir in Paris Kaffee trank, wenn ich sie nicht zu der Zeit besuchen käme, wo sie ihren Ball gab. Das geschieht einmal im Jahr, betonte sie mir. Ich war verpflichtet, ihr mein „ja" zu versprechen.

„Ihr lockiges, langes, goldenes Haar, ihre großen ausdrucksvollen, länglichen Augen, ihre mit Sonne gefüllte Haut, erinnern nicht an einen Menschen aus Gegenden des kalten Norden. Ich würde darum wetten, dass sie aus einer anderen Gegend kommen, aus dem Süden."

„Sie haben den Tanz gewonnen."

Plötzlich fühlte ich mich sicherer.

„Ich heiße Sildaua. Sildaua ohne weiteren Namen. Ich lebe in Südafrika, wo ich aufgewachsen bin. Ich stamme nicht von afrikanischen Eltern, das verrät ja auch die weiße, oder eher, wie sie so schmeichelhaft sagten, „mit Sonne gefüllte Haut", obwohl ich dem Altar zu diesem Zweck viele Glücksgüter opfern würde. Wie dem auch sei. Ich sehe mein Problem nicht als so schreckliches Drama an, wie ich es empfinden möchte."

Wir hatten die Tanzfläche schon verlassen. Jetzt gewährte uns ein Kanape aus der Zeit Ludwig XVI. Gastfreundschaft. Meine erste Verwunderung war noch ungelöst, und so fragte ich hastig:

„Was ist es, dass diese Gegend so glücklich werden lässt durch Ihre Anwesenheit?"

Ihre Antwort war sehr viel klüger, als ich mir vorstellte.

„Das gleiche, das sie unglücklich werden lässt."

Ich fühlte mich lächerlich. Der Schluck Gin, den ich trank, war von bedeutender Menge. Eine Stärkung war das beste, was jener Augenblick forderte. Ein zweiter Schluck vom gleichen und von der gleichen Menge war ebenfalls sehr hilfreich, sowie auch unerlässlich, um ihr das folgende vorzuschlagen:

„Verzeihen sie, natürlich können sie das nicht wissen, aber ich habe vor, ihre Heimat zu besuchen, aus geschäftlichen Gründen. Was würden Sie dazu sagen, wenn ich die Unverschämtheit hätte, sie um eine Einladung zu bitten und mich sogar nächsten Monat, in dem meine Reise in dieses mysteriöse Land stattfinden soll, in ihrem Haus zu beherbergen?"

„Ich wohne im Dorf Mossel-Bay. Sie brauchen nur nach dem Haus von Sildaua zu fragen."

Mein Erstaunen nahm kein Ende, als ich sie sich erheben sah, ohne weitere Worte, und sich sehr höflich von der Gräfin von Montsnovs verabschiedend, verlor sich ihre Gestalt im Ausgang.

Ich verlangte einen weiteren Gin. Diesmal pur.

II.

Die Fahrt nach Kapstadt war nicht angenehm, noch weniger erholsam. Es versteht sich von selbst, dass ich keine konkrete Arbeit auf dem Schwarzen Kontinent zu erledigen hatte. Allgemein hatte ich keinerlei bestimmte Beschäftigung. Die Mittel zu meinem Lebensunterhalt hatte ich durch eine Erbschaft erlangt.

Die Hitze und die schlechte Klimaanlage des Flugzeuges nötigten mich, ein Bier zu bestellen. Meine Kehle kühlend, dachte ich gleichzeitig darüber nach, dass, so einfach und schön die Geschichte mit Sildaua auch erschien, etwas, das ich nicht genau definieren konnte, mir Furcht einflößte. Vielleicht war es die Tatsache, dass ich in ein ziemlich unbekanntes und gleichzeitig auch so fremdes Land fuhr. Mossel-Bay lag westlich von Port-Elizabeth und östlich von Kapstadt. Es hatte 7.500 Einwohner. Das Flugzeug würde mich in Kapstadt absetzen und von dort aus würde ich dann einen Jeep nehmen. Ich hatte dafür gesorgt, genug Landkarten der Gegend bei mir zu haben. Ich hoffte, dass sich dadurch die Strapazen vermindern würden.

Es dauerte nicht lange, bis wir auf afrikanischem Boden landeten.

Außerdem waren wir bereits viele Stunden unterwegs. Der trockene und heiße Wind befremdete mich, aber allmählich gewöhnte ich mich an ihn, soweit sogar, dass sich mein Gesicht nach ihm sehnte und mit ihm spielte. Ein Jeep englischer Herkunft war das rettende Beförderungsmittel nach Mossel-Bay.

Gegen Nachmittag las ich bereits die ersten Tabellen, die die Existenz dieser Stadt bezeugten. Aufgrund meiner Hilfsmittel, konnte ich feststellen, das Sich Mossel-Bay in die gut befestigte Bucht von Mossel einschmiegte, gleichzeitig zwei Durchfahrten zwischen den Bergen von Auteniquua überwachend. Dadurch bildet sie einen natürlichen Ausgang für die fruchtbaren Täler rund um Audehorn.

Bevor ich noch aus dem Jeep springen konnte, kam mir ein Kaffer mit „pusch-pusch" zuvor und bat mir Hilfe an, wahrscheinlich, um das Gepäck zu transportieren. (Die Kaffer sind ein Stamm von Einheimischen aus Südafrika und das pusch-pusch ein Wägelchen, das mit der Hand gezogen wird. Es ist eine übliche Beschäftigung der Kaffer). Ich gab ihm einige Rand und versuchte, ihn loszuwerden. Er stank wie der Auswurf einer Fliege. Ein vergessener Hottentotte versuchte ein Huhn einzufangen und ein anderes davon abzuhalten, das Ei des ersteren zu fressen. Die Hottentotten sind Nomaden der Wüste Kalahari und ausgezeichnete Viehzüchter! Das Dorf ist sehr interessant, flüsterte ich. Ein von Falten übersähter Mann, bei dem man sich sehr anstrengen musste, um ihn als Menschen zu erkennen, schien mir ebenfalls von Interesse zu sein und ich fragte ihn nach dem Haus von Sildaua. Seine Augen zwinkerten leise vor Furcht und seine dicken Lippen begannen sich in Bewegung zu setzen. Seiner rauhen Kehle entkam eine Zusammensetzung misstönender Schreie. Wenn er nicht die Hand ausgestreckt hätte, in Richtung des Meeres zeigend, hätte ich nichts verstanden von diesem, seiner Herkunft nach, in Zelten wohnenden Buschmann.

Aufgrund des Ernährungsmangels und ihres elenden Lebens hätte mich die Tatsache seiner abschreckenden Erscheinung allerdings nicht erstaunen sollen.

Ich griff auf das Taschenbuch mit der Beschreibung der Stämme zurück und las folgendes: „Die Buschmänner, die ältesten Einwohner von Nordwestafrika, werden zusammen mit den Hottentotten als ein Stamm bezeichnet, der Stamm der Koisan. (Koi sind die Hottentotten, San die Buschmänner). Diese ursprünglichen Buschmänner schienen von kleiner Gestalt zu sein, maßen aber über 1.50 m und waren knochendürr.

Schwärzliche, dunkle Haut, plattgedrückte Nase mit Nasenlöchern, die nach außen zeigten. Die Augen erinnerten an Mongolen, ohne dass sie den charakteristischen mongolischen Schlitz hatten. Haarloser Körper, und dort, wo sich Haare zeigten, war es, als ob sie die Form von roten Pfefferkörnern annahmen. Hervorstehende Stirn, breitgesichtig aber nicht großköpfig. Hervorstehende Jochbeine. Ohne Pygmäen zu sein, könnten sie den Urstamm der negroiden Völker bilden. Desweiteren sind noch sehr charakteristisch, besonders bei den Frauen, ihre weit ausladenden Hinterbacken, die, wie es den Anschein hat, von grossen Mengen Fettablagerungen stammen. Früher lebten sie in Namibia und Botswana, heute leben sie in den weniger verwüsteten Gebieten der Kalahari Wüste und ernähren sich von Wurzeln und Früchten. Auch zur Jagd sind sie geneigt, der sie sich allerdings mit sehr primitiven Mitteln widmen".

Ein strahlend weißer Marmorbau neuklassischen Stils tauchte vor mir auf. Das war das Haus. Ein großer Gegensatz zu dem ganzen Elend der Gegend.

Sildaua empfing mich halbnackt im Garten.

„Mein treuer alter Isear wird Ihnen Ihre Kammer zeigen. Dann sprechen wir uns."

Ich gestehe, dass ich diesen Empfang nicht erwartet hatte. Isear war tatsächlich ein alter, echter Buschmann, mit außergewöhnlich hervorstehenden Hinterbacken, die er nicht zu verstecken suchte, und die somit den Augen jeden Gaffers dargeboten wurden. In dem Gebäude befand sich sonst niemand. Die „Kammer" war eine exakte Nachbildung des Schlafzimmers von Ludwig II. von Bayern, auf seinem Landschloss von „Neuschwanstein".

Der Diener, irgend etwas vor sich hinmurmelnd, verbeugte sich und verließ mich.

Nach kurzem befand ich mich wieder im Garten. Bevor ich noch dazu kam, mich ihr zu nähern, hörte ich sie sagen:

„Hatten Sie eine angenehme Reise Herr Len?"

Indem ich sie erreichte und ihr meine ausgestreckte Hand zur Begrüßung bot, antwortete ich:

„Besten Dank. Ziemlich unterhaltsam, aber gleichzeitig auch ermüdend. Ich freue mich, Sie wiederzusehen."

Meine Hand blieb dort ausgestreckt, wie ein liegender, schwebender Stock.

„Entschuldigen Sie. Ich pflege nicht meine Hand auszustrecken, wenn ich mich in meinem Haus befinde. Wenn Sie mich außerhalb getroffen hätten, gerne."

Ihr nicht erwartetes Verhalten rief bei mir Verlegenheit und Verdruss hervor. Um ihren Hals hingen verschiedene, eigenartige Halsketten. Mein Auge unterschied einige davon wie, weiße, vergoldete Zähne, etwas das nach einer großen Kralle aussah, etwas anderes nach einem verkohlten Holz …

„Was betrachten Sie so intensiv, Herr Len, dass es fast die grenzverletzende Beobachtung berührt? Kommt Ihnen vielleicht etwas seltsam vor? Gefällt Ihnen meine Dekolleté nicht? Ich rühme mich ihretwegen und bete sie gleichzeitig an."

Ihre Augen erinnerten an einen Jaguar. Ich muss gestehen, dass ich mich verloren fühlte. Einen solchen Menschen hatte ich noch nie getroffen.

„Es ist besser, wenn Sie nicht sprechen. Wir reden ein anderes Mal. Ich glaube, wir können ins Speisezimmer gehen. Sie müssen hungrig sein."

Sie hob ein ledernes Gewand auf. Die Farbe erinnerte an menschliches Fleisch. Sie faltete es zusammen.

Das Esszimmer war länglich und schmal und auf sehr geschmackvolle Art dekoriert. Außer dem alten Isear war bis jetzt niemand erschienen. Sie zeigte mir meinen Platz und ich gehorchte. Es fehlte nicht viel zum Gegenteil. Eine Herde mit seltsamen Gesichtern und von völlig asymmetrischem Wuchs und Aussehen änderte die Szenerie des Speisezimmers. In ihren Händen hielten sie silberne Gefäße.

Dieses ganze merkwürdige Schauspiel ließ mich erschauern. Mein Gehirn flatterte zu dem großen Anthropologen Eugen Fischer und seinen Versuchen. Ich versuchte, mein verwirrtes Gehirn von diesem unerwarteten Geschen abzuschirmen und nachzudenken. Es war offensichtlich. Es handelte sich um die „Reoboter". Menschen, die aus der Kreuzung von Hottentotten und Weissen hervorgehen. Es wurde mir schlecht. Die Hottentotten, eine Mischung aus Buschmännern und ersten Eindringlingen hamjitischer Herkunft – die zweiten sind der dominierende afrikanische Stamm – hatten zusammen mit den Weissen diese Lebewesen hervorgebracht. Sildaua hatte wohl mein Erstaunen bemerkt und sagte:

„Ist etwas los, wertester Garvous?"

„Alles ist wunderbar. Lassen Sie sich nicht stören. Ich bewundere die Architektur des Raumes."

„Dann können wir uns also dem Genuss dieser ausgezeichneten hors d'oevres widmen."

Gebratene Flügel von Fledermäusen, in Essig eingelegte Würmer, panierte Raupen, gekochte Zungen von Klapperschlangen waren die exzellenten Vorspeisen, die unter den zugedeckten silbernen Gefäßen hervorkamen. Ich stellte mir das Hauptgericht vor und bat um die Erlaubnis, auf die Toilette zu gehen.

Ich übergab mich.

III.

Trotz des bequemen Bettes, auf dem ich lag, war es mir unmöglich, zu schlafen. Der heutige Tag war eine unwirkliche Enthüllung.

Ich begann, die Ereignisse zu ordnen. Im „Haus" befand sich ein einziger Buschmann. Viele Reobot-Wesen und kein einziger Hottentotte. Außer Sildaua kein anderer Weißer und auch sonst keine anderen menschlichen Wesen irgendeiner anderen Rasse. Ich brauchte ein Valium.

Die morgendliche Milch nahmen wir auf der Veranda ein. Außer den üblichen trockenen, täglichen Begrüßungen, wechselten wir kein Wort. Diese Frau schnitt jeden Versuch zu einem längeren Gespräch oder zur Andeutung von Zweifeln ab. Nach dem Kaffee verschwand sie. Wohin auch immer. Den Rest des Tages verbrachte ich allein. Gegen Mitternacht klopfte Isear mit seiner kräftigen Hand gegen die Tür meines Schlafzimmers.

„Die Herrin verlangt nach Ihnen."

Ich wunderte mich über diese nächtliche Aufforderung, aber ohne weitere Fragen kam ich ihr nach und zog mich an.

Der Alte führte mich in irgendein Untergeschoss, von dessen Existenz ich mir nicht hätte träumen lassen.

Unbekleidet und mit dem Ausdruck eines Menschen, der sich im Zustand äußerster Ekstase befand, deutete er auf einen Stuhl, auf den ich mich setzen sollte. Ich setzte mich.

Die Türen hinter mir schlossen sich und mit ihnen schlossen sie auch den Buschmann aus. Unter dem schwachen Schein der Kerzen konnte ich im Raum äußerst merkwürdige Gegenstände erkennen.

„Wundern Sie sich nicht über mein Auftreten und meinen Zustand. Ich werde Sie mit einigen meiner Gewohnheiten bekanntmachen, die mich zur Glückseeligkeit und seelischen Unabhängigkeit führen.

Meinen Körper, obwohl ich ihn bewundere und ihm Pflege angedeihen lasse, liebe ich nicht. Ich betrachte ihn einfach nur als ein Mittel. Die psychische Welt scheint woanders wider. Das wirkliche Leben spielt sich auf anderen stürmischen Meeren ab."

Der Wind draußen blies und jagte mir Angst ein. Drinnen sprach Sildaua und flößte mir Angst ein.

„Ich habe das Bedürfnis und gleichzeitig die Verpflichtung, mich vor den geheimnisvollen Kräften der Natur zu schützen. Ich rüste mich also mit meinen Fetischen aus und bekämpfe die Geister der toten Begebenheiten. Mein einziger alter Isear weihte mich in den Animismus ein und als Folge davon wandte ich mich dem Fetischismus zu. Es schmerzt mich bis zur Verrücktheit, wenn ich auf einen Stein trete, von dem ich weiß, dass er unter meinem Gewicht leidet. Es ist alles so schlecht erschaffen. Ich wollte ich wäre 30 Zentimeter über allen vorhandenen materiellen Gegenständen. Ich will keinem Gegenstand der Natur Schmerzen bereiten. Den erhabensten „Schmerz" anzubieten, den des Todes, strebe ich jedoch an. Der Schmerz, der zum Tod führt, ist keine Folter, er ist Genuss. Wir sollten im Einvernehmen mit der Natur arbeiten. Wir müssen ihr bei ihrem schwierigen Werk der Zerstörung helfen. Wir müssen sie als Einheit mit Geist und Empfindungen akzeptieren.

Ich halte einen Monolog, armer Garvous Len, und ich habe nicht die Absicht, damit aufzuhören. Es ergab sich so und Sie wollten mich kennen lernen. Ich betrachte das, was folgen wird, als Erlösung. Für Sie mag das eine Verurteilung sein. Wir kehren dahin zurück, was wir anfangs waren. Wir kehren in das Nichts zurück. Das allein ist von Wert. Denken Sie ein wenig weiter. Ihre graugrünen, langen Haare müssen leiden, unter dem täglichen groben Kamm, der sie durchpflügt. Sie gefallen mir sehr. Sie haben nicht das Recht dazu, ihnen Schmerzen zuzufügen. Irgendwann werden sie sich rächen. Gerne würde ich, fortgerissen von der Leidenschaft der Ergötzung, Ihren Tod befehlen."

Ihr mittlerer, langer Finger drückte auf einen Knopf, der sich auf der rechten Armlehne ihres Stuhles befand. Ich war überrascht und schnellstens erschien ein gigantischer Reobot. Indem sie ihm etwas in einem nie gehörten Dialekt zumurmelte, gab sie ihm eine Rasierklinge.

Das menschliche Scheusal kam auf mich zu. Die erhobene Klinge befand sich schon über meinem Kopf. Unbeweglich vor eiskalter Furcht wartete ich ab. Seine harten, stählernen Finger drückten auf mein Kinn, wodurch mein Kopf unbeweglich wurde. Ich schloss die Lider und dachte, dass die kaputte E-Moll Saite meines Klaviers niemals mehr ausgewechselt werden würde. Ich fühlte eine eigenartige, unbekannte Kälte meinen Schädel durchdringen. Das scharfe, sarkastische Lachen von Sildaua, welches das ganze Kellergewölbe erfüllte, schmerzte meine Trommelfelle so stark, dass ich gezwungen war, meine geschlossenen Lider zu öffnen. Der Henker war verschwunden. Unter Wellen von Gelächter schrie die junge Perverse:

„Leider werde ich Ihnen nicht den außerordentlich Genuss anbieten, zu sterben. Ich hasse Sie, und das erfüllt mich mit Freude. Das einzige, was Wert hat, von Ihnen gerettet zu werden, sind Ihre Haare."

Und tatsächlich. Alles Haar, das sich auf meinem Kopf befunden hatte, lag jetzt tot in ihren Armen. Der Reobot, wie es schien, hatte mich mit unübertrefflicher Fertigkeit bis auf die Wurzeln meines Kopfes rasiert.

Sofort gaben ihre erfahrenen Finger meinen schwarzbraunen Haaren, die in ihren Augen graugrün aussahen, die Form eines Zopfes. Als wäre er ein Instrument der Lust, befeuchtete sie ihn an ihrem Schambein.

Kahl und ungeschützt, beschimpfte ich mein Schicksal.

Nach dem Orgasmus erhob sich die Schamlose. Meine Anwesenheit schien sie in keiner Weise zu stören. Im Gegenteil. Die Schändlichkeiten gingen weiter und nahmen an Schärfe noch zu. Weitergehend, gelangte sie in eine Ecke des Gewölbes, wo sie anhielt. Sie schob verschiedene Kisten zur Seite und öffnete eine Truhe. Ihr ausgestreckter, toter Finger war genug, einen weiteren Orgasmus hervorzurufen.

„Nekrophile, schrie ich. Was bist du noch alles?"

Dieser Zweifel löste sich nie auf.

Der Schlaf überfiel mich. Die Sonne, die durch die Ritzen der Läden kam, weckte mich und erlöste mich von der Tragödie.

IV.

Das Flugzeug meiner Rückkehr schwankte unbeständig und bewegte sich fast unkontrolliert fort, wie eine ausgerissene Seerose inmitten der Antarktis. In dieser Atmosphäre der Angst versuchte ich, mir die Ereignisse der vergangenen Tage wieder ins Gedächtnis zu rufen. Ich erinnere mich an den Ausdruck der Augen von Sildaua, als ich die Höhle der Ausschweifung verließ und ich danke meinem Schicksal, dass sie mich nicht töten wollte.

Nach dieser enthüllenden Nacht, musste ich noch zwei Tage bis zum Ende meines Aufenthaltes verbringen. In diesem Zeitraum erfolgte eine zweite Rechtfertigung ihrer Handlungen und ihres Glaubens. Die Anträge, aufgrund ihres ständigen Taumels, waren bescheiden und verworren.

„Es sind nicht die Würmer, die den menschlichen toten Körper fressen. Es ist Gott. Er braucht Tote, um sich zu erhalten. Tausende."

Daraufhin stellte sie eine Frage, die sie gleich selbst beantwortete „Warum eigentlich will der Mensch sich immer alles unterwerfen? Für seine vergebliche Freiheit. Wie dumm ist er aber. Es beginnt mit dem Körper. Er will ihn unter seine Herrschaft bringen und meint, dass er nur dann in der Lage ist, sich mit seiner Seele zu beschäftigen und sich zu retten. Vielleicht aber wird er erst dann wirklich frei, wenn er von dieser ganz erlöst wird?" Dann beschoss sie mich giftig und sagte:

„Ich werde es Ihnen beweisen, Garvous Len, warum die Bemühungen, die einer macht, die Freiheit zu erlangen, erfolglos sind. Beginnen wir mit der Annahme, dass jemand frei wird, indem er um die Freiheit kämpft. Es gibt zwei Möglichkeiten: Entweder er erobert sie, oder nicht.

Im ersten Fall, wenn er sie erobert hat, hört er auf frei zu sein, da er sofort der Sklave seiner Eroberung wird.

Im zweiten Fall, bei der Bemühung, die Freiheit zu erobern, wird er Sklave seiner Idee. Eine dritte Möglichkeit ist, überhaupt nicht zu kämpfen. Wir können das in eine „unbewusste" und eine „bewusste" Haltung einteilen. Dass jemand unbewusst nichts für den Kampf um die Freiheit unternimmt, zeigt völlige Unkenntnis und Gleichgültigkeit. Bei der bewussten Enthaltung aber, ist der Zustand ganz anders und gestaltet sich folgendermaßen: Entweder, dieser Jemand hat es irgendwann versucht und ist ermattet bei der Übergabe gestorben, oder seine Enthaltung war von Anfang an gänzlich, indem ihm das Vergebliche der Angelegenheit bewusst war. Ich frage Sie also Garvous: „Wo ist der Sinn des Ganzen? Ihr onaniert, ohne euch eures Zustandes bewusst zu sein. Ich tue es zumindest mit Bewusstheit. Denken Sie darüber nach. Es ist ein Erfolg inmitten der vielen Misserfolge."

Wir waren bereits gelandet und ich zeigte dem Beamten meinen Reisepass.

„Afrika! Sie müssen viele erfreuliche Erfahrungen gemacht haben, gleichzeitig aber auch viele unerwartete. Ich habe gehört, dass plötzlich Tiger auf die Strassen springen, ohne dass man es erwartet."

„Sicher, antwortete ich, mit meinem Kopf nickend, der jetzt einer Melone ähnelte."

Mein Haus wartete an der gleichen Stelle auf mich, warm. Die Reise hatte mich ermüdet und ich wollte gerne die Gesellschaft von Menschen, die meiner eigenen Auffassung waren. Die Freunde sind in diesen Augenblicken das Beste. Ja, genau das werde ich tun. Ich telefonierte mit ein paar der ältesten Freunde. Wir einigten uns auf den übernächsten Abend.

V.

„Willkommen. Willkommen".

„Lieber Garvous. Welch eine Freude!"

„Mein Rundlicher Schmetterling Andris, ganz meinerseits die Freude. Oh, immer dezent parfümierte Kaktus, kommt herein. Bleibt nicht auf der Schwelle. Die Nacht sieht traurig und kalt aus."

Die Gesellschaft vervollständigte ein weiteres freundschaftliches Paar. Herr und Frau Gravin. Letztere trafen uns gerade beim Aperitif an.

„Das Filet ist ausgezeichnet. Bravo, Len. Ich sehe, dass Sie Ihr Talent auf dem Gebiet der Kochkunst weiter pflegen und zwar mit hervorragenden Fortschritten."

„Aber, mein wertester Andris. Hier handelt es sich um einen ausgezeichneten Kenner dieser Kunst. Persönlich habe ich längst aufgehört, von Talent zu sprechen."

„Ich danke Euch, liebe Freunde."

Das Grammophon spielte eine Platte mit Jazzerfolgen, aufgenommen etwa um '32. Der rote „Brousko" (ein herber, säuerlicher Rotwein) und die Flammen trafen genau den Rhythmus des Kontrabass.

„Len, was ist das für eine Frisur? Sie steht Ihnen überhaupt nicht. Warum haben Sie ihre so beneidenswerten Haare abgeschnitten?"

„Lassen wir das für den Augenblick, Kaktus. Es ist eine persönliche Angelegenheit. Eine Sache des Geschmacks, wie man sagt."

„Gravin hat recht. Len, erzählen Sie uns etwas von Ihrer Reise. Ich glaube, wir alle wollen darüber etwas hören."

Mit der ganzen Vertraulichkeit unserer alten Freundschaft, hatte ich Andris, der sich beeilt hatte, zugegeben äußerst bestürzt, mich aus meiner schwierigen Lage zu befreien, den Spitznamen „Rundlicher Schmetterling" gegeben.

„Mit größtem Vergnügen, süßester Andris. Seien Sie beruhigt. Ich habe die Absicht, Euch mit meinen Erzählungen noch mehr zu benebeln."

„Wie Euch gut bekannt ist, erlaubt mir mein Junggesellenleben viel zu reisen. Auf meiner letzten Reise allerdings – ich werde Euch nicht mit Beschreibungen ermüden, sondern gleich zum Thema kommen – geschah etwas wirklich Entsetzliches und gleichzeitig Vulgäres".

Das perverse Auge von Andris sprühte Funken bei dem letzten Wort. Die vierte Flasche war schon geleert und ich bemerkte, dass die Gesellschaft noch mehr verlangte. Ich musste meine Erzählung kurz unterbrechen und schritt die Kellertreppen hinab, um Nachschub zu holen. Eine seltsame Freude durchzuckte die Nerven der Gesichter beim Anblick der neuen Brousko Flaschen.

Elende, dachte ich.

„Die gemietete Villa, die mich beherbergte, war nicht weit vom Meer entfernt. Besonders am Abend, wenn die kleinen Geräusche unter dem Mantel der Nacht erstarben, erreichte das Echo der Wellen sehr musikalisch meine Ohren. Viele Abende schaute ich so auf das Meer, bis – an einem – aus der Nacht ein zitterndes, schwaches Licht kam und am Strand herumkroch, was mich verwirrte.

„Außerirdische?" Rief mit rauher Stimme der Rundliche Schmetterling, der von dem vielen Wein wie ein Aufgeblasener aussah.

„Nein, mein Goldener. Ein kleines Boot legte am Strand an. Das war alles. Ein enttäuschtes „aah" entkam seinem Hals und als wenn sich eine Zisterne geöffnet hätte, zog ich mich taktvoll zurück. Trotz der momentanen Übelkeit, die mich von dem üblen Geruch überkam, fuhr ich fort:

„Ein kleingestaltiger Mensch sprang katzenartig aus diesem Boot und begann, mit dem Kopf zu spielen, erst rechts, dann links und wieder rechts, wie ein aufgedrehter Papagei. Er machte einen verlorenen Eindruck. Eine unförmige, schwarze Masse beschwerte seine Arme. Die Neugier und die Spannung des Geheimnisses brachten mich dazu, zu ihm zu eilen. Seine Gesichtszüge waren verschwommen und die dickflüssige Dunkelheit machten sie noch verschwommener. Seine dicken Lippen bewegten sich: „Herr", heulte er. Bevor ich es recht verstand, fand ich mich mit der Masse in meinem Arm wieder. Bevor ich mich beschweren und Erklärungen verlangen konnte, war er in der Dunkelheit des Meeres, von der er gekommen war, verschwunden.

Stumm, mit großen, ratlosen Schritten, kam ich zur Villa. Schnell wurde mir bewusst, dass diese dunkle

Masse etwas Lebendiges war. Unter dem Licht sah ich mich einer kohlrabenschwarzen Katze mit grünlila Augen gegenüber. Ich dachte, ich träume, aber diesen idiotischen Eindruck verjagte ich blitzschnell.

Ich befand mich hier mit einer Katze, die mir ein unbekannter, Fremder, ohne Grund aufbürdete. Er muss verrückt sein, sagte ich vor mich hin, soweit ich mich erinnere, und schaute nach der Katze. Sie war schon aus meinem Arm gesprungen und saß thronend auf einem geflochtenen Stuhl. Nachdem dich das Schicksal und die Verrücktheit mir zugeworfen haben, warum soll ich dich eigentlich nicht behalten ... Ihr Auge bewegte sich seltsam und in Zusammenhang mit dem gelblichen Mond machte es mich ängstlich. Ich schenkte dem Lebewesen Milch ein und mir einen Tequila. Wir tranken. Die kleine, spitze Zunge tauchte schnell in die Milch ein. Meine durstige Kehle kühlte sich, indem sie gierig den scharfen Tequila einschlürfte und beharrlich nach mehr verlangte. Ich füllte zum zweiten Mal die „Gläser". Das eine mit Kondensmilch und das andere mit mexikanischem Alkohol. Ich füllte zum dritten Mal die „Gläser" und nicht mit Milch. Wir waren beide betrunken.

Am Morgen fand ich mich Arm in Arm mit dem Tier und schrie bei der Idee und vielleicht auch der Begebenheit. Der Tequila Vorrat war, wie es schien, vom Vortag aufgebraucht und ich begab mich auf den Weg in die Stadt. Sie war reizlos und das Schwindelgefühl von der gestrigen Betrunkenheit machte sie noch reizloser. Die Krämerläden stanken und die Läden, die alkoholische Getränke verkauften, waren von angeheiterten Mäusen umlagert. Gegen Mittag überschritt ich die Schwelle der Eingangstür. Ich ging in Richtung Küche. Die Katze wartete schwer atmend auf mich. In der Absicht sie zu begrüßen, miaute ich. Sie schien sich darüber zu freuen, da sie mir mit großer Bereitwilligkeit antwortete, trotz ihrer Kopfschmerzen. Die Flaschen waren in eine lokale Zeitung eingewickelt. Ich hatte für ziemlich lange Zeit die Welt um mich verloren, und so beschloss ich, mich aufgrund der gegebenen Gelegenheit, zu informieren. Große, aufwiegelnde Titel, Pornofotos, Inkognito „großer Politiker", Perverses und Ähnliches, war auf den ersten Seiten. Bedeutende Nachrichten, sagte ich zu meiner Katze. Indem sie rhythmisch ihre Schnurrbarthaare bewegte und gleichzeitig mit ihrem Buckel spielte, war es, als ob sie sagte: „Was soll's. Bleib gleichgültig." Ich folgte ihrem Rat und warf den schwarzweißen Fetzen auf den Boden. Es war, als ob das Blatt die Beleidigung zurückgeben wollte, es zwang mein rechtes Auge dazu, auf der letzten Seite hängen zu bleiben: „Im nördlichen Eingang zur Bucht von Andalusien, die auch Drachenmund genannt wird, hat sich ein Schiffsunglück zugetragen. Die unfähigen und ungeschickten Laien, die sich auf dem Segelboot Julia II. befanden, ertranken aufgrund ihrer Unwissenheit über die gefährliche Gegend dieser Bucht. Die zahlreichen Riffe und Klippen spielten ein tragisches und mörderisches Spiel mit den vier ungebildeten, Möchtegern-Seeleuten". Der Artikel endete: „Wir wollen sehen, wohin die Unkenntnis der Menschen noch führen wird".

Das ist eine gute Idee! Ich nenne die Katze „Andalusien".

VI.

Es war mir aufgefallen, dass Herr und Frau Gravin sich in die inneren Räume zurückgezogen hatten. Die Erzählung hatte erotisches Verlangen in ihnen erweckt. Der rundliche Schmetterling, Andris, lag auf dem Tisch und mit seinem Umfang hatte er alles, was sich in seinem, zugegeben großen, Umkreis befand, zerbrochen. Ansonsten schlief er tief und schnarchend.

Kaktus, deren Duft von den umgebenden Gerüchen aufgesogen worden war, und die jetzt einen Geruch von gemästetem Fleisch ausströmte, war gleichgültig indem sie sich vollstopfte und es mit Cognac hinunterspülte.

Ich selbst fühlte mich müde und angeekelt. Was hatte es für einen Sinn, fortzufahren. Sie sollten nie meine seltsame und vulgäre Geschichte erfahren. Außerdem, was würden sie davon verstehen. Sie sind töricht, aber mehr noch bin ich es.

Ich erhob mich und ließ „meine alten, lieben Freunde" zurück. Torkelnd kam ich in die Küche. Ich schaltete den Herd ein. Ich setzte Kaffee auf. Eine Rasierklinge lag irgendwo dort und schien zu schlafen. Mit Recht. Mitternacht war vorbei. Ich dachte daran, sie zu wecken. Es wäre keine schlechte Idee, mich zu töten. Ich hatte gehört, dass der Tod, wenn er über die Adern streicht, einen süßen, melancholischen Ton von sich gibt. Als Kind schon hatte ich die Musik geliebt und jede Art von seltsamem Ton. Ich erinnere mich, als Kind noch, als ich Musikunterricht in einem Konservatorium meines Bezirks nahm, hatten mir meine Mitschuler den Spitznahmen Sifa gegeben, weil meine liebste Tonleiter die mit den Noten Fa-Si (F-H) und umgekehrt Si-Fa (H-F) war. Die Musiker bezeichnen sie als teuflisch, wegen ihrer haarsträubenden Töne. Das Geräusch des kochenden Wassers brachte mich von meinen Erinnerungen zurück zu meinem ursprünglichen Vorhaben. Ich nahm den Kaffeetopf vom Herd. „Ich begehe ein anderes Mal Selbstmord", flüsterte ich. Die Umgebung hier stinkt nach Wein und Schweinen. Ich zündete eine

Zigarette an und begann zu spielen, indem ich den Rauch in die Tasse blies, und den schwarzen Saft dazu brachte, zu kleinen gläsernen Bläschen zu werden. Ich dachte zurück an die Idee, die vor kurzem mein Gehirn durchwandert hatte. Unerwartet, aber ohne dass mich die Tatsache befremdet hätte, fühlte ich wie der feuchte Samenerguss das kleine Loch in meinem Nabel füllte und rhythmisch zu meinen Schenkeln floss, indem er gleichzeitig die Haare meines Penis kitzelte und beleckte. Ich fluchte, da mich der Samenerguss zwang, mich zu waschen.

Ich war jetzt sehr schläfrig. Bei anderer Gelegenheit hätte ich diese Begebenheit als belustigend empfunden. Ich habe den Samenerguss durch sehr verschiedene und eigenartige Gedanken fertiggebracht. Mit der Idee des Selbstmordes bis heute noch nie. Ich freute mich über den neuen Fortschritt und trank meinen Kaffee zu Ende.

Im Salon hatte der Schleier der Schmach alles niedergedrückt. Das Traumbild (die Chimäre) des Schlafes umarmte mich, die Seelenqual tötend.

* * *

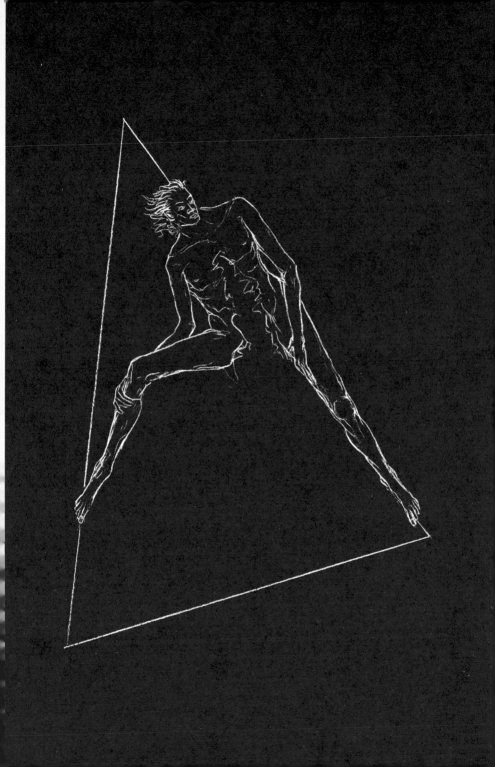

Das Dilemma des Ellyrius

Das Amphitheater, in welchem die Versammlung stattfinden sollte, hatte sich mit Sachverständigen gefüllt. Ein Herr in gelbem Frack und roter Schirmmütze, anscheinend jener, der den Vorsitz bei den Diskussionen führen sollte, erhob sich in der ersten Reihe und begab sich zum Podium. Händeklatschen ertönte. Dröhnend hörte man den Herrn im gelben Frack und der gelben Schirmmütze durch das ganze Amphitheater:

„Was immer, Betrübliches und Schmerzliches, hier seit vielen Jahren wie Efeu an einem alten Herrenhaus Wurzeln geschlagen hat, jetzt ist es an der richtigen Zeit, es mit einer erfahrenen Hacke zu entblößen; ein gemeiner Zustand und eine außerordentlich abscheuliche Tatsache, wenn wir nur bedenken, dass Ellyrius jetzt viele Winter und Sommer unter einer empörenden Depression lebt. Lasst uns mit klarem und blitzblankem Auge nach den Gründen forschen, ohne Versuche der Abwendung und des Entgleitens von der mitleidlosen Wahrheit, die möglicherweise, wie die schlimmste

Droge, sogar auf Ellyrius wirkt, vielleicht aber auch auf uns selbst, und die uns zynisch zu einem süßen, aber verhängnisvollen, grämlichen Tod ohne Rückkehr führen wird. In diesem Augenblick halte ich in meinen Händen das Tagebuch von Ellyrius".

„Bravo. Bravo. Immer würdig", brach die Zuhörerschaft aus.

„Und aus diesen seinen, zugegeben, sehr hilfreichen Aufzeichnungen, hoffen und wünschen wir, die Aufklärung dieser schrecklichen Angelegenheit zu finden. Aber, lassen Sie sich nicht entmutigen und möglicherweise enttäuschen. Nehmen wir an, dass wir auf diese Weise zu keiner Aufklärung kommen. Beunruhigen Sie sich nicht weiter. Wir werden hart und dynamisch vorgehen, wie es uns der große Feldherr Alexander bei dem unlösbaren Problem mit dem Gordischen Knoten gelehrt hat, das nur er allein und mit Hilfe seines todbringenden Schwertes auf immer gelöst hat. Allerdings wird es gut sein, wenn wir unsere spärliche Zeit nicht weiter vergeuden und lasst uns sorgfältig, die Aufzeichnungen, die wirklich sehr aufklärenden Ereignisse dieses verschwenderischen Tagebuchs, eine nach der anderen, prüfen. Erlauben Sie mir, zu wiederholen: Lasst uns alle wünschen, dass wir auf diese unorthodoxe Weise, eine nicht zu bezweifelnde Tatsache, dem unglücklichen Ellyrius helfen und sein heißes und lebenswichtiges Problem enträtseln, indem wir gleichzeitig sein so düsteres Dilemma entwirren, und endlich das erforderliche, notwendige Licht hindurchlassen, zur richtigen Handhabung und Bestehens des ganzen Themas, aber mehr noch für diese ganze schauerliche Entscheidung, die wir dem Armen schnellstens aufnötigen müssen. Geehrte Damen, werte Herren, liebe Kollegen, ich bitte Sie um äußerste Bemühung für die größte Aufmerksamkeit. Ich halte es für meine Pflicht, Ihnen bekanntzugeben, dass ich sehr dankbar und zutiefst gerührt bin, dass Sie mir die Ehre erteilt haben, derjenige zu sein, der versuchen wird, mit größtem Eifer das Nachstehende zu lesen."

Die Sachverständigen klatschten jetzt wie wahnsinnig.

„Der geplagte Ellyrius schreibt:"

„Am 25. Februar des laufenden Jahres wachte ich früher auf als sonst von der gewöhnlichen Erweckung mit Pollution. Ich erinnere mich, dass der Traum, der mich zu dieser Samenentleerung brachte, herrlich war.

Ich befand mich am Nordpol, und fror wie verrückt wegen dieses schrecklichen Eises. Wie Geishas in diese Gegend kamen, die mich betasteten und die der Grund für meinen Orgasmus sind, weiss ich nicht. Lassen wir das aber. Ansonsten war der restliche Morgen ziemlich langweilig. Mittags tätigte ich einen erfolgreichen Kauf bei einem Polizisten, der seine gut erhaltene 38er Pistole vom Typ Kobra zu einem guten Preis verkaufte. Abends speiste ich mit Gabi, einer süssen Bekanntschaft, in einem marokkanischen Restaurant, wo wir Couscous assen.

- 27. Februar

Entschuldige, mein Freund, meine gestrige Nachlässigkeit, aber ich hatte einen ziemlichen Rausch, weshalb ich den ganzen Tag schlief. Heute fühle ich mich jedenfalls besser und am Nachmittag wird Gabi kommen. Bis bald.

- 7. März

gerade heute, mit Hilfe der altbekannten Methode, des gemeinen Schmiergeldes, konnte ich meinen Apotheker davon überzeugen, mir eine tüchtige Menge Halluzinationsmittel zu verkaufen. Ausserdem besorgte ich mir Arsen.

- 13. des gleichen Monats

Am Abend kommt meine geliebte Gabi. Des Morgens sagte sie mir am Telefon, dass sie gerne annimmt. Kannst du dir meine riesige Freude vorstellen? Eine herrliche Frau, aber vor allem ein Mensch. Meine Sehnsucht ist nicht zu beschreiben. Ich warte ungeduldig auf sie. (Beiläufig, es ist außerdem Rosenmontag und ich gedenke spazieren zu gehen, damit die Zeit vergeht. Letztens traf ich eine Schülerin aus der neunten

Das Dilemma des Ellyrius

Klasse und beschloss, ihr meine Liebe zu gestehen. Ich nahm also die Bahn in Richtung Faliron. Mir stand noch genügend Zeit zur Verfügung. Unterwegs dachte ich, was sollte ich eine Stunde lang in Faliron machen, bei diesem schlechten Wetter, und überlegte gleichzeitig, dass ich auch nach Athen fahren und mit dem gleichen Zug zurückfahren könnte. Als wir in Faliron ankamen, stieg ich ganz unbewusst aus dem Wagon, als mich aber die Kälte durchdrang, bemerkte ich meinen Fehler und stieg in einen anderen Wagon ein, der in Richtung Athen fuhr. Wir erreichten den Omonia Platz, und ohne meinen warmen Platz zu verlassen, kehrte ich nach Faliron zurück. Als ich mich zu Fuss von der Station des Zuges entfernte, hörte ich bei der Haltestelle der Straßenbahn, in dem Moment, als ich gerade die imposante Bahn betrachtete, eine undefinierbare Stimme meinen Namen rufen. Instinktiv drehte ich mich zu der Stimme. Ich stand einem alten Bekannten mit seiner Frau an der Seite, gegenüber. Es begannen die üblichen Reden und Freundlichkeiten. Es war jetzt an der Zeit und ich befand mich gerade vor dem Gymnasium. Die erste Schülerin kam bereits aus dem Gebäude. Ich wartete etwa zwanzig Minuten, aber nichts. Die unbekannte, schöne Schülerin hatte wahrscheinlich geschwänzt. Enttäuscht gab ich auf und machte mich aus dem Staub. Außerdem war auch die Zeit schon verstrichen und bald würde meine liebe Gabi kommen. Ich machte mich also auf den Heimweg).

Die Auserwählte kam. Wir servierten uns Gin mit Kuba. Gegen zehn Uhr abends brachte ich das Arsen. Gabi zeigte sich fröhlich mit ihrem breiten Lächeln, zu dem sie ihre sinnlichen Lippen bewegte. Der große Augenblick war gekommen. Diese Frau hatte es akzeptiert, den schlimmsten Tod zu erleiden. Sie hatte angenommen, mein Opfer zu werden, um im vorliegenden Fall Notizen über das Experiment zu machen, und in genauesten Einzelheiten die Auswirkungen des Giftes zu studieren, um meine Wissbegierde zu befriedigen. Nachdem sie eine große Menge des tödlichen Giftes hinuntergeschluckt hatte, wand sich das Mädchen, ein würdiges Schauspiel bietend. Tatsächlich drehte ich einen Film von dieser Szene, wo sie in elendiglichem Zustand starb. Mein morgiges Programm sieht eine kleine Reise vor. Ich möchte allerdings noch etwas erwähnen. Die Leiche der Vielgeliebten, begrub ich verstreut rings um die Mauer meines Gartens, nachdem ich sie, weit nach Mitternacht, zuerst mit der raffiniertesten Technik und der größten Bedachtsamkeit zerstückelt hatte. Es ist natürlich selbstverständlich, dass ich nach der Zeremonie des Begräbnisses alle möglichen Spuren verschwinden ließ und außerdem brachte ich auch die Erde in ihren vorherigen Zustand zurück.

- 24. Juni, abends.

Was ist es, das mir heute Nacht geschieht! Ich bin gar nicht schläfrig und habe Lust und Zeit, ein paar Zeilen zu schreiben. Aber das Witzige ist, dass ich keine Tinte habe. Ich sitze hier im grünen Voskinitsa und die Faulenzerei hat mich in ihrer Gewalt.

- Februar, 2. des Monats.

Und die Tage verstreichen, die Jahre vergehen, aber wahrhaftig, bis heute habe ich nichts von diesem Leben verstanden. Das Einzige, was mir Lust und Freude bereitet, ist, den Film vom Tod der geliebten Gabi fast jeden Abend abzuspielen, bevor ich mich schlafen lege. Welcher Gott mich an jenem Abend erleuchtet hatte, sie zu filmen, weiss ich nicht. Wer immer es auch ist, ich preise ihn. Für den Augenblick gedenke ich, auf ein Gläschen Wein zu gehen, vielleicht unterbricht das diese schreckliche Langeweile.

- 3. Februar

Also. Das Beste vom gestrigen Abend war die Kellnerin in der Taverne, wo ich zu Abend ass. Ich erinnere mich jetzt noch daran, wie ich im größten Rausch um ihre Hand anhielt ... Derartige Absichten hatten mich früher nie beschäftigt. Aber nachdem der Rotwein die Sache so gedreht hat, soll es sein. Noch etwas anderes. Bei meinem Gang zur Taverne kamen mir zwei Verse von jener Hymne in den Sinn, die ich, in seligem An-

Zeibekiko

denken an die Unvergessliche komponieren möchte. Verlange nur nicht, diesen Zweizeiler zu hören, ich werde ihn dir nur dann niederschreiben, wenn und falls er vervollständigt ist.

- 17. März

Der Frühling ist so recht in unser Land gezogen und oberflächlich erscheint alles rosig und glücklich. Ich habe mich diese ganzen Monate überhaupt nicht damit beschäftigt, das Tagebuch weiterhin auf dem Laufenden zu halten, weil wir uns, nachdem ich die Kellnerin Efrosini geheiratete hatte, diesen ganzen Zeitraum außerhalb unseres Vaterlandes aufhielten und ich es in meiner Zerstreutheit zu Hause vergessen hatte. Jetzt, wo es geöffnet vor mir liegt, werde ich einige der mitreißenden und erfreulichen Ereignisse schildern, die sich in diesen Monaten ereignet haben. Ich beginne mit jenen, die von geringerer Bedeutung sind und komme dann zu jenen, die ich vor allem als besonders bezeichne.

Am 25. Februar in etwa, schifften wir uns auf dem Passagierschiff „RODRIGES" ein, dessen Name dem letzten König von Spanien gehört, der von 710–711 regierte, da nach 711 verschiedene Araber herrschten, bis 755, die vom Kalifen von Damaskus abhängig waren. Informationshalber führe ich an, dass der vorherige König VITIZAS (701–710) war, dem zu Ehren ich meine kleine, weiße Maus, die ich mir kaufte, getauft habe. Einige Tage später überlegte ich mir, eine Mausefalle zu kaufen, um den Grad ihrer Intelligenz festzustellen. Zum Schluss bewies sie die Größe ihrer Dummheit, weil sie sofort nach Aufstellung der Falle an einem geeigneten Platz, ungestüm über den ausgelegten Käse herfiel, der, muss ich dazu sagen, von ausgezeichneter Qualität war. Das Ergebnis, erwies sich für den Mäuserich VITIZAS als Unglück. Nach diesem Verstandestest entledigte ich mich der Leiche, indem ich sie in die Toilette warf, welche die letztere verstopfte, worauf ich am nächsten Tag den Klempner rufen musste, um für ihre reibungslose Inbetriebnahme zu sorgen. Auf jeden Fall. Der Grund unserer Einschiffung auf die „RODRIGES" war eine Kreuzfahrt nach Spanien. Meine Frau Efrosini (frühere Kellnerin) erbrach sich die ersten zwei Tage ohne Unterlass. Das Erbrechen in diesen Fällen, ist sicherlich eine natürliche Funktion des Organismus, aber mir geht es schrecklich auf die Nerven. Die ersten zwei Tage also hielt ich das Martyrium aus, in der Hoffnung, dass sich ihr Zustand beruhigen würde. Am dritten Tag ertrug ich den Gestank ihres Erbrochenen nicht mehr und somit, als es bereits anfing schon ziemlich dunkel zu werden, führte ich sie geschickt und unbeobachtet auf den hinteren Teil des Decks, mit dem Vorwand: „Der Wind wird dir gut tun", wo ich sie ins Meer schleuderte. Diese rettende Handlung zur Erlangung meiner inneren Ruhe und zur Wiederherstellung meiner verlorenen Moral, wurde von niemandem bemerkt und so konnte ich endlich wie ein normaler Mensch zu Abend essen.

Jetzt ist es an der Zeit, dir auch die durchbrechenden Ereignisse meines Abenteuers in Spanien mitzuteilen, da ich den Eindruck habe, dass dir alle oben genannten Geständnisse Langeweile verursachen. Hier also. Am vierten Tag meines Aufenthaltes in der Heimat des Kolumbus, fand ich mich in einer Keller-Taverne, mit der Absicht, ein paar Happen zu mir zu nehmen. Als ob der Teufel ein elendes Spiel mit mir triebe, lernte ich dort drin eine andere Kellnerin kennen, namens Karmelita, für die ich sofort heftige Sympathie empfand. Unter dem Einfluss von ziemlich viel „Rijocha", machte ich ihr einen Heiratsantrag. Zu meinem Götterglück nahm sie nicht an, sondern zog die Rolle der Geliebten vor. Karmelita, obwohl von ländlicher Abstammung, hatte einen noch schärferen und zündenderen Geist als der Schnaps. Nach einigen Tagen eröffnete sie mir eine Erfindung, mit der sie, wie sie mir erklärte, und wenn das notwendige Geld vorhanden wäre, wie verrückt Geld verdienen könnte. Zu meinem guten Glück hatte ich dafür gesorgt, meine ehemalige, sich erbrechende Frau Efrosini zu berauben, bevor ich sie in die Tiefen des Meeres schickte. Das hatte zur Folge, dass das notwendige Geld vorhanden war. Ihre Idee kam an. Wir verkauften etwa zweitausend Spiele. Bevor ich mehr sage, glaube ich, dass es nützlich ist, niederzuschreiben, um was es sich handelt. Ich beginne zuerst mit dem Titel und daraufhin erkläre ich es im Einzelnen, das gesamte Bild des Kartenspiels, um so eines handelt es sich nämlich, vorstellend. Der Titel dieser goldbringenden Idee war: „AUCH DU KANNST", das Gesamtkartenbild ist wie folgt:

„AUCH DU KANNST"

SPIELREGELN

1. Nehmen Sie ein Blatt weisses Papier und einen schwarzen Bleistift.

2. Ziehen Sie mit geometrischer Sorgfalt zwei Spalten. Die erste Spalte nennen Sie A, die zweite Spalte B.

3. In die Spalte A tragen Sie zusammenhanglose Wörter ein, die ihrem Empfinden nach schön klingen.

4. In der Spalte B versuchen Sie nun, das in der Spalte A niedergeschriebene zusammenzusetzen, ein Meisterwerk schaffend. (Normalerweise).

NÜTZLICHES BEISPIEL
FÜR ANFÄNGER
(aufmerksam lesen)

KAMEL	Ein geplagtes Kamel hielt vor dem mürrischen Apfelbaum und verlangte ein
MÜRRISCH	Lächeln von ihm.
	Der aber, nachdem er das
APFELBAUM	schlecht erzogene Ungeziefer, abgeschüttelt hatte,
LÄCHELN	das schamlos einen seiner Äpfel fraß, ohne den Besu-
SCHLECHTERZOGEN	cher zu würdigen,
	betrachtete die Sonne, die
ALLEINSTEHEND	alleinstehend aussah.
	Gleich darauf zog dieses
PYRAMIDE	zur nächstgelegenen Pyramide und versteckte sich.
REGEN	Die Dunkelheit und der Regen kamen, um die auf-
WÜSTE	geheizte Wüste zu kühlen; Und ängstigten alle Strah-
STRAHLEN	len, die es nicht geschafft hatten, sich zu verstecken.
	Das geplagte Kamel zeigte

Das Dilemma des Ellyrius

ZWEIFEL	Zweifel und auch Nervosität.
SEHNSUCHT	Seine Sehnsucht erfüllte sich nicht und sich zum Apfelbaum wendend, rief es:
NUTZLOSER	Du bist ein Nutzloser. In diesem Augenblick, bevor der Apfelbaum protestieren konnte, sagte eine durchnässte
PALME STACHELN SCHÜTTELN SCHÖN	Palme, die ein wenig ihre Stacheln schüttelte, damit das Wasser abfiel, aber auch damit sie schöner aussah, achtunggebietender zu dem geplagten Kamel: „Es ist nicht die Schuld des mürrischen Apfelbaumes, wenn er dir nicht das
LÄCHELN	Lächeln schenkte, das du verlangt hast. Schuld daran
GLÜCKLOSER	ist, dass du ein Glückloser bist. Das Kamel, das bis dahin

GEFÄHRLICH	gefährlich nervös war, schien mit dieser Antwort der Palme zufrieden zu sein und nachdem es seinen schweren Buckel
GERADE RÜCKEN	etwas gerade rückte, verschwand es in schwerfälligem, gelangweiltem
TRAB	Trab im Regen, der unter-
UNTERDRÜCKTES	drückt über den Schaden
SCHADEN	des ersteren lachte.
LACHEN	

GUTEN ANFANG UND VIEL ERFOLG!

Ich glaube, mein liebes Tagebuch, wenn auch du ein Mensch wärest, dass du wie verrückt nach Spanien laufen würdest, um dir dieses unglaubliche Spiel zu kaufen, „da es sich nun einmal von den üblichen, dummen unterscheidet und in den Raum des Geistes führt".

Leider konnte ich es nicht in Griechenland einführen, da Frau Karmelita, die Kellnerin, die Exklusivität des Patentes in ihrem Land haben wollte. Trotzdem verhielt sie sich grosszügig und gab mir einen großen Geldbetrag. Das einzig Schlechte an dieser so schönen Reise ist, dass jetzt, wo ich zurückgekehrt bin, meine Langeweile zu unorthodoxen Höhen gelangt ist. Auf alle Fälle, damit du nicht meinst, ich hätte mit diesen ganzen Geschichten unsere angebetete Gabi vergessen, stelle ich dir jetzt gleich die Hymne vor, die ich versprochen hatte, für sie zu komponieren. Bewundere also die Lyrik des Textes, während ich meinen Rum erhebe, hoffend, dass es der Unvergesslichen gut geht im Hades und auf ein baldiges Wiedersehen mit ihr.

HYMNE AN GABI

Unter den Stacheln
werde ich dich suchen.
Die Schatten der Paralogie
werde ich nach dir befragen.
Die Nester der Vögel
– die du so sehr liebtest –
werde ich durchstöbern.
In den Seen, den Fischen
– die du jagtest, und wenn
einer am Haken hing,
warfst du ihn wieder zurück
in die bleichen Gewässer,
das Leben ihm schenkend, und sagtest:
Ich fühle mich wie Gott.
nehme und gebe Leben –

Zeibekiko

werde ich versuchen, dir zu begegnen.
Die Pfeife, die du hieltest
– und mit soviel fraulicher Gefälligkeit rauchtest –
als Kissen für meinen Schlaf werd' ich sie nehmen
vielleicht wird zufällig sie von dir raunen.
Auf deinem Grabe werde ich zu Totenblumen,
um wartend deine Stimme zu hören.
Dein Zimmer werde ich gespenstisch machen,
auf dass keiner ihm zu nahe tritt.
In die Bäume deines Gartens werde ich blasen,
damit ihr Rauschen zu dir dringt.
Der Harfe
werde ich deine geliebten Melodien
eingeben mit meinen Fingern
bis ich dich erkenne.
Deine nackten Mädchen
– die du mit solcher Meisterschaft maltest –
werde ich lieben und hoffnungsvoll dich erwarten.
Meine Hände,
in dein tiefes Dunkel
werde ich sie ausstrecken
und dich zu umarmen wünschen.
Jene Kerze,
– die du von Konstantinopel brachtest –
werde ich entzünden und durch ihre Flamme
werde ich dich besingen.

Das Dilemma des Ellyrius

Deinen Namen,
der Sonne werde ich stammeln
sein Licht,
dass von dir sie singe
werde ich ihr auftragen.
Deine Traumgestalt
werde ich töten
in der Hoffnung, dass sie dich wieder gebärt.
Deinen Wein
werde ich trinken,
ihm sagend,
dass er mich zu dir bringe.
Den Tropfen deiner Weisheit
werde ich einschlürfen,
um deine winterlichen Augen
zu liebkosen.
Aus deinem Weinen
werd' eine süsse Melodie ich erschaffen.
Auf den Mund der Sinnestäuschung
werd' ich dich küssen.
Dein unendliches Chaos
werd' ich ersehnen aus den gelben Tropfen
deines Schweigens.
Aus deinen Träumen
eine Göttin werde ich formen,
dich aufzufinden ihr befehlen.

Papierne Engel
werde ich malen,
ins All dich zu rufen,
werd' ich sie entsenden.
Und wenn trotz all' dem
ich dir nicht begegne
ich endlich zum Kometen werde,
um mich mit dir zu verlieren.

• 28. Juli
heute und nach so langer Zeit, habe ich die Absicht ein wenig in mein Tagebuch zu schreiben. Was meine Gesundheit betrifft, geht es mir miserabel. Wie dir sehr gut bekannt ist, bin ich ein Mensch, bei dem die Merkmale der Romantik und der eigenartigsten Sensibilität tief in seinem Inneren eingraviert sind. Ich bringe dir dies noch einmal in Erinnerung, damit ich meine nachfolgende Entscheidung unter Beweis stelle. In sehr kurzer Zeit werde ich meine animalische Natur töten. Wenn ich mein Selbst bis zur letzten Stufe des Todes rollen ließe, würde das bedeuten, dass ich meine Existenz für Zustände der Vergangenheit bestrafe. Ich finde keinen Fehler an meinem bisherigen Leben, der eines derartigen unbarmherzigen Verkommens wert gewesen wäre. Mit hochmütigem Schritt und entschlossener Hand werde ich an die Pforte des Todes

klopfen, um diesem makaberen Überdruss ein Ende zu setzen. Die Frage zu diesem Gedanken könnte folgendem Bild entsprechen: Auf welche Art wirst du die Beschleunigung zur Vernichtung deiner animalischen Existenz herbeiführen, bereitwillig und für immer hinter dir das Tor zum Hades mit einem kräftigen Bums schließend? Und auf diese Frage bin ich mit übermäßigem Stolz bereit, dir die Antwort zu verkünden. Es gibt drei Arten zur Verwirklichung des Planes. Die erste ist mit der Pistole, die ich, wie ich mich recht erinnere, am 10. April letzten Jahres kaufte und die ich unter besonderer Pflege in ausgezeichnetem Zustand halte. Die zweite, mit den Halluzinationsmitteln, die ich von dem schmierigen Typ aus der Apotheke meines Bezirkes am 12. März des gleichen Jahres besorgte. Die dritte und letzte Art ist die Einnahme von Arsen, dessen Besitzer ich am gleichen Tag wurde. Wollen wir aber nun aufmerksam die Vorteile und Nachteile dieser drei Arten prüfen: ein erfolgreiches und äußerst schnelles Mittel für den Selbstmord ist die Pistole. Der große Nachteil dieses Unternehmens aber ist der Lärm. Ja, dieser empörende Lärm. Dieser verdrießliche, trockene Knall. Jetzt schon überkommt mich das Zittern bei der Idee dieses Lautes, der wie der abscheulichste Alptraum mein Trommelfell berührt. Ich bin nicht gewillt zu sterben, auf dass mich in der ewigen Ruhe und dem Schweigen dieser Lärm verfolgt.

Ein vernünftig Denkender könnte das Problem des Lärmes lösen, indem er mir einen Dämpfer raten würde. Aber diese technologische Auffassung und das barbarische Bild würden die Feinheit der Pistole und die Echtheit der Art zerstören.

Die Halluzinationsmittel sind die zweite Art. Na, eine bessere Idee. Was gibt es Schöneres, als unter dem Delirium von Bildern und aufgereizten Empfindungen zu verlöschen. Alles ringsherum erscheint so dünn, eine Liebkosung von Spinngeweben würde mein Tod sein. Ich denke auch daran, dass sich in diesen letzten Stunden die Platte mit den Ungarischen Rhapsodien von Liszt dreht. Ah, was für ein exotischer Duft wird die Atmosphäre erfüllen? Mein geschärfter Geruchssinn wird ihn dann sicherlich entdecken. Wenn auch das nicht geschieht, bin ich mir absolut sicher, dass ich den herrlichsten, welcher ausgezeichnet zu der Melodie passt, erfinden werde. Ich bin der Meinung, dass ich mich von den Eindrücken habe hinreißen lassen und dass ich die Angelegenheit so oberflächlich und kindisch geprüft habe, was einem universellen Geist wie dem meinen, niemals erlaubt ist. Setzen wir also voraus, dass sich die Ereignisse nicht so schön und einfach abwickeln, wie wir es oben ausgeführt haben und dass sich

Das Dilemma des Ellyrius

die Nebenwirkungen der Drogen als negativ erweisen. Daraufhin wird dann mein heiteres Abenteuer von einem verhängnisvollen Grausen triumphierend empfangen, das in die quälendste Verzweiflung und zur Beschleunigung meines Todes führt, indem es als Rettung die sichere Pistole findet. Und dann feiert der Lärm. Der trockene Knall. Der Alptraum. Weit weg also auch von den Drogen, nachdem ich die Überraschungen, die sie mir vorenthalten, nicht kennen kann.

Jetzt bleibt nur noch die dritte Lösung. Das Arsen. Ein sicherer Tod voll Schmerzen. Selbstverständlich ist es nicht das, was mich erschreckt, ich meine, das schmerzhafte der Angelegenheit, aber aus ideologischen Gründen ist es mir nicht erlaubt, es anzuwenden. Vergessen wir nicht, dass meine geliebte Gabi mir zuliebe, unter dieser Methode gestorben ist und ich möchte nicht, dass sie dieses ausgezeichneten Privilegs beraubt wird. Soll es einzig und allein ihr Triumph sein.

Wie du bemerkt haben wirst, Tagebuch, bin ich in ein Dilemma verstrickt, und im Moment ist es mir unmöglich die richtige Entscheidung zu treffen. Die Pistole oder die Drogen. Wie das Thema auch immer liegen mag, darf ich nicht untätig werden, sondern muss schnell die zutreffende Antwort zum Ziel haben. Denke daran, es ist nicht genügend Zeit.

Tag für Tag kann ich auf natürliche Weise sterben und so etwas wünsche ich auf keinen Fall, nicht im geringsten.

• 30. Juli

Ich habe übersehen aufzuschreiben, was gestern geschah, weil ich gestern den ganzen Tag in schweres Nachdenken verfallen war, in der Bemühung, mich von diesem tyrannischen Dilemma zu befreien. Die Mühe hat sich aber gelohnt, denn soeben heute, im Morgengrauen gegen 4.30 ereignete sich das Wunder. Ich betrachte es jetzt als zweckmäßig, alles in größeren Einzelheiten zu schildern. Ich befand mich auf dem Ruhebett, natürlich ohne dass mich der Schlaf überfiel. Wie wäre dies auch möglich. Neben mir, in einer großen hölzernen Schüssel, auf einem Tischchen vom Stil Louis Philippe, schwammen Hunderte von saftigen, roten Kirschen. Als ob ich vorausgeahnt hätte, dass gestern Abend etwas Außergewöhnliches passieren würde, war ich mit dem besten Rum aus meinem Keller versorgt. Mit ungebändigter Sucht, fast liegend, aß ich Kirschen und trank Rum. Die Kombination war perfekt und wurde mit Havanna-Zigarren vervollständigt. Mitten aus diesem Delirium von Geschmacksrichtungen schnappte ich plötzlich unvermittelt wie eine Heuschrecke in die Höhe und rief, den herzensguten Archimedes nachahmend: „eureka" (Ich habe gefunden!) Befriedigt, nachdem ich diese unerträgliche Bürde pulverisiert hatte, fuhr ich mit dem genüsslichen Hinunterschlingen der Kirschen fort, indem ich geschickt, im richtigen Moment, den schlauen Kern ausspuckte. Hier also, was ich im vorliegenden Fall zu tun gedenke: Morgen schon werde ich mich an die „O.I.V." (Oberste Intellektuellen Versammlung) wenden. Bereitwillig, erkläre ich dir, dass die O.I.V. die Rolle spielt, die früher das Oberste Verfassungsgericht inne hatte, nur haben die Themen, die diese heute beschäftigen, eine weit größere Mannigfaltigkeit. Ich werde diese respektablen Intellektuellen darum bitten, die Lösung meines Dilemma herauszufinden."

Der Vorsitzende mit dem gelben Frack und der roten Schirmmütze war ans Ende seines Vortrages gelangt. Nachdem er sein Bier ausgetrunken und sich gleichzeitig verschnauft hatte, setzte er fort:

„Geehrte Damen, werte Herren, liebe Kollegen. Ich danke Ihnen dafür, dass Sie, wie ich bemerkt habe, Ihre höchste Aufmerksamkeit aufgebracht haben, bis zur Vollendung dieser Arbeit. Jetzt haben wir alle das Bedürfnis einer halbstündigen Unterbrechung der Versammlung, auf dass wir dann wieder mit klarem Geist den obigen Erzählungen des Ellyrius auf den Grund gehen. Für diejenigen Damen und Herren, das Buffet, an dem Sie Whisky und ähnliche Getränke bestellen können, befindet sich im Ausgang links. Persönlich empfehle ich die Kekse mit Marihuana. Sehr gut getroffene Zusammensetzung und relativ preiswert."

Eine halbe Stunde vergeht im Nu. Die meisten der Anwesenden im Amphitheater probierten die Empfehlung des Vorsitzenden und fanden sie ausgezeichnet. Als die Zeit der Unterbrechung vorüber war, erschien anstelle des Vorsitzenden ein anderer respektabler Herr, ebenfalls in Frack und Schirmmütze, aber in anderer Farbzusammenstellung.

„Liebe Kollegen, hörte man ihn sagen, unser ehrenwerter Vorsitzender ist nicht sofort in der Lage, weiterzumachen, weil er es mit den Keksen übertrieben hat, und ich glaube nicht, dass es notwendig ist, die Folgen anzugeben. Seien Sie aber nicht beunruhigt. Der Vorsitzende ist von kräftigem Körperbau und nach kurzem wird er wieder bei uns sein.

Es war die Wahrheit. Der Vorsitzende, nach Ankündigung der halbstündigen Unterbrechung, hatte sich mit tierischer Sucht auf die Marihuana-Kekse gestürzt und in Verbindung mit dem Bier, das er während des Vorlesens von Ellyrius' Tagebuch getrunken hatte, hatten ihn in andere Sphären versetzt. Sicher, auch die Leute in der Halle waren in keinem viel besseren Zustand, aber zumindest nicht in dem des Vorsitzenden. Jedenfalls erwarteten sie hoffnungs-

Das Dilemma des Ellyrius

voll und mit großer Aufmerksamkeit die Ankunft des Vorsitzenden.

In den letzten Monaten wird in unserem Land süchtig ein Spiel gespielt, das hauptsächlich die älteren Menschen verrückt macht. Man spielt es mit Tannenzapfen und Ziel desselben ist, das Auge des Gegners zu treffen. Wenn einer auf das rechte Auge des Feindes zielt, erhält er 15 Punkte, für das linke werden 20 Punkte berechnet. Die Nase ist 5 Punkte wert, der Mund 2, der Rest des Kopfes einen Punkt. Demjenigen, der seinen Zapfen wirft, ohne den Kopf zu treffen, werden sieben Punkte abgezogen. Wer verfehlt, oder den Körper des Feindes trifft, verliert und scheidet aus dem Spiel aus.

Auf diese Weise also, erwarteten die anwesenden Intellektuellen das Eintreffen ihres Vorsitzenden. Sie fragen mich vielleicht, wie einer in den Besitz solcher Zapfen kommen kann und mit wie vielen von denselben es ihm erlaubt ist, zu spielen? Die Zapfen kauften sie von einem Herrn, der sie auf einem Wägelchen durch die Halle fuhr und ausrief. Jeder Spieler hatte so viele Zapfen wie er bezahlte. Viele von ihnen wollten das ganze Wägelchen kaufen und für die Interessierten gab es eine eigene Versteigerung.

Als der Vorsitzende endlich in Erscheinung trat, einigermassen nüchtern, begrüßten ihn alle Intellektuellen mit einem fürchterlichen Tannenzapfenbeschuss, für den er sich wärmstens bedankte. Glauben Sie aber nicht, wir hätten es mit einem naiven Vorsitzenden zu tun, der sich so bereitwillig und einfach mit Zapfen beschiessen lässt, ohne selbst geeignete Schüsse zurückzugeben. Nun, obgleich niemand irgendeine Handlung von ihm erwartete, gab der Vorsitzende, da er diesen Empfang vorausgesehen hatte, mit einem seltsamen und schlauen Zusammmenzwicken seines linken Auges ein Zeichen und ein Angestellter stürmte blitzschnell in den Raum, zusammen mit einer kleinen, aber wundertätigen Kanone, und wusch allen, sozusagen, eine Viertelstunde lang, den Kopf mit Zapfen von ausgezeichneter Qualität. Die Anwesenden bejubelten den Vorsitzenden zutiefst gerührt von seiner Klugheit und seiner herrlichen Schlagfertigkeit. Kurz darauf, glücklich und begeistert, nahmen alle wieder ihre Plätze ein, um mit der Versammlung zu beginnen.

In diesem zweiten Teil sollten Vorschläge von Mitgliedern der O.I.V. angehört werden, auf welche Art Ellyrius Selbstmord begehen sollte.

Mit Behendigkeit machten die Intellektuellen dem Dilemma des Ellyrius, das ihn in der letzten Zeit so sehr gequält hat, ein hervorragendes Ende. Einstimmig waren sie sich einig, dass weder die Pistole, noch die Halluzinationsmittel in diesem Fall passend seien, da es

Das Dilemma des Ellyrius

sich hier um einen Menschen von besonderer Gemütsbeschaffenheit und hohen Intellekt handle. Das Letztere begründeten sie damit, ausgehend von der Tatsache, dass Ellyrius mit ausgesprochen großer Klugheit und Achtsamkeit den vergifteten Körper von Gabi zerstückelte und daraufhin sehr richtig an der Mauer seines Gartens begraben hatte. Desgleichen, dass sie sich daran erinnerten, wie prachtvoll er seine sich erbrechende Frau Efrosini, ehemalige Kellnerin, ins Meer beförderte, war der Grund, ihn als einen Menschen von besonderer Gemütsbeschaffenheit zu charakterisieren. Die Meinungen über die beste Art von Selbstmord, die von den Mitgliedern der O.I.V. zu hören waren, waren zahlreich und von ausgesprochener Phantasie. Ich stelle hier die drei wichtigsten und beachtenswertesten vor, jene, die aufgrund der Abstimmung zwischen anderen 15 ausgewählt wurden und für die endgültige Entscheidung vorgeschlagen wurden.

Beim ersten sollte er seine beiden Füsse an Elektrokabeln anschließen und mit der rechten Hand den Schalter bedienen, der den Strom von 4500 Volt in seinen Körper leiten sollte.

Der zweite Vorschlag war, nachdem er eine ausreichende Menge, wenn möglich, seines alkoholischen Lieblingsgetränks, das Rum sein muss, wenn wir seine Aufzeichnungen zu Rate ziehen, getrunken hatte, sollte er eine kleine Bombe aus Schokolade verzehren, welche zusammen mit dem in seinem Magen befindlichen Alkohol eine innere Explosion hervorrufen würde.

Der dritte und letzte Vorschlag war noch seltsamer, als der vorangegangene. Die Tötung sollte in einem Taufbecken stattfinden. Das Wie wurde von dem Intellektuellen, der den Vorschlag machte, nicht angegeben, aber er versprach, dass es etwas Besonderes sein würde, etwas Spezielles, wie er sich ausdrückte.

Einer von diesen drei Vorschlägen würde den „Sieg" davontragen.

Die respektablen Mitglieder der O.V.I. mussten sich jetzt zurückziehen, damit die große Entscheidung getroffen werden konnte, die dann vom Vorsitzenden verkündigt werden sollte. Den ersten Vorschlag verwarfen sie schnell als zu banal und wunderten sich noch, wie er überhaupt in die Endrunde gekommen war. Beim zweiten hielten sie länger an. Die Bombenpraline war eine verlockende Idee, aber es bestand die Furcht, dass während der Explosion der Magen von Ellyrius in der Luft zerplatzen könnte und die Umstehenden sich dadurch beschmutzten. (Es war, wie Sie sehen, eine neue Methode und sie hatten nicht genügend Zeit, die Einzelheiten genauer zu prüfen). Der letzte Vorschlag beschäftigte sie ausserordentlich. Die Idee reizte sie, erstens wegen des Geheimnisvollen, zweitens und erheblich mehr des Taufbeckens wegen. Sie stimmten mit 48 Stimmen gegen 2 für diese Methode. Die zwei die dagegen gestimmt hatten, waren die, welche die anderen zwei Vorschläge gemacht hatten. Daraufhin verkündete der Vorsitzende sofort die Entscheidung und für die anderen Anwesenden kam es nur noch darauf an, auf den ausführenden Teil des Schauspiels zu warten, welcher in allen Einzelheiten wie folgt ist:

Das Taufbecken wird in der Mitte des Amphitheaters aufgestellt, so, dass alle, von allen Seiten eine gute Sicht darauf haben. Es wird mit Wasser gefüllt. Dann wird ein Massagebett aufgestellt, das sich auf gleicher Höhe mit der Öffnung des Taufbeckens befindet. Links davon befindet sich eine erhöhte hölzerne, zweizackige Gabel mit einem Strick. An einem Ende des Strickes hängt eine eiserne Kugel. Das andere Ende des Strickes befindet sich im Taufbecken, ebenfalls mit einer Kugel gleichen Gewichtes, sodass beide Seiten das Gleichgewicht halten. Eine besondere Schlaufe, über der eisernen Kugel, die sich im Taufbecken befindet, wird um den Kopf von Ellyrius gelegt, der auf dem Massagebett liegt, mit dem Kopf direkt vor der Öffnung des Taufbeckens. Die Füsse des Ellyrius werden an seine rechte Hand gebunden, während die linke ein Messer hält.

Ich hoffe, dass nun alle verstanden haben, auf welche Weise Ellyrius Selbstmord begehen wird und was den Zweck des Messers betrifft. Alle Intellektuellen der Versammlung, ausgesprochen zufrieden, warfen die wenigen noch übriggebliebenen Zapfen in die Luft, da nun endlich die geeignetste Weise in diesem Fall gefunden war. Nach Einhalt dieser Zeichen der Freude, begannen die Angestellten, selbstverständlich unter der Aufsicht von allen, das Notwendige für die Zeremonie vorzubereiten. Der Vorsitzende befahl, Ellyrius in Halle zu bringen, den die Anwesenden bei seinem Erscheinen heftig bejubelten, indem sie dazu rhythmisch in die Hände klatschten, gleichzeitig mit den Füssen stampften und alle zusammen schrien: „Würdig, Würdig".

Die Beschreibung seines Gefühlzustandes, ist schwer in Worte zu fassen, da die vorhandenen Wörter für diese Art psychologischer Zustände zu einfach sind. Unter dem ekstatischen Delirium der Menge legte sich Ellyrius auf das Massagebett. Der Vorsitzende persönlich band ihm die Füsse an die rechte Hand und gab ihm das Messer. Er legte auch die Schlinge um seinen Hals, die in der eiserenen Kugel endete, die sich auf halber Höhe des Taufbeckens befand. Der Augenblick bedurfte jetzt der vollkommensten Ruhe und die Menge, unter den beharrlichen Bitten des Vorsitzenden, schwieg endlich. Ellyrius, mit einem königlichen Lächeln, schnitt mit dem Messer, welches er in der linken Hand hielt, den linken Strick ab, der als Gegengewicht diente. Sofort tauchte sein Kopf, gezogen vom Gewicht der eisernen Kugel, im Taufbecken unter.

Nach einigen Minuten ertrank Ellyrius in dem heiligen Gefäss.

※ ※ ※

Unzüchtige Anträge

Der Zeiger meines Barometers steht wie festgenagelt auf 720 mm der Quecksilbersäule, einen fürchterlichen Sturm vorhersagend. Seltsame Dinge, sprach ich zu mir selbst, als ich die Fensterläden öffnete und sah, dass sich keine einzige Piniennadel bewegte. Vielleicht hat es auch seinen Geist aufgegeben. Jedenfalls ist es wahr, dass ich mich bisher immer entsprechend nach seinen Anzeigen gekleidet habe, ohne dass es je zum Lügner wurde. Der heutige Widerspruch aber, sozusagen des barometrischen Drucks mit der äußerlichen Wirklichkeit, übertrifft jegliches Vertrauen in mein Barometer. So kam ich zu der schnellen und nicht sehr wohlüberlegten Meinung, dass es einen Schaden erlitten habe. Trotzdem, da ich in meinem Unterbewußtsein noch einige wenige Spuren von Vertrauen in die Glaubwürdigkeit seiner Vorhersagen bezüglich der Wetteränderungen aufbewahrt hatte, ging ich nicht aus; nachdem ich mir Tee mit einem guten Schuß Cognac in die Tasse gegossen hatte, machte ich es mir bequem. Zu dem Tee, entsprechend meiner persönlichen Geschmacksansicht, gehörte auch eine Zigarre. Einer von den seltenen Momenten, an denen ich ein solches Verlangen hatte, weshalb ich ihm auch zuvorkam und es erfüllte. Mein Vater pflegte zu sagen, ich solle meinen zeitweiligen Appetit in Zaum halten. So lernte ich, genau das Gegenteil zu tun. Ich zündete mir also eine Carl Upman – Dolce far niente an, für genau zehn Centime. Von süßestem Aroma, von ausgezeichnetem Geschmack und guter Qualität, Tabak von kompaktem, gehaltreichem Rauchnebel. Ich bin herrlich und sehr schön, so mit meiner Zigarre und den Kreisen, die ich mit ihr paffe, stellte ich fest, als ich mich im Spiegel betrachtete. Nun aber, ich bin weder herrlich, noch bin ich sehr schön, einfach nur lächerlich. Der Spiegel ist die niederträchtigste und durchtriebenste Erfindung des Menschen. Auf alle Fälle, das einzige, was ich momentan tun kann, ist, mir einen zweiten Cognac einzugießen.

Die Gedanken, das komplizierteste Empfinden des menschlichen Wesens, zusammen mit einem anderen einzigartigen Begriff, dem der Liebe, bilden, wenn sie sich in die Zahnräder des Luzifer verstricken, den Aberglauben. Das muss meine letzte Krankheit sein. Nebenbei, ich hatte ein Mädchen mit hässlichen Lippen weinen gesehen, als sie versuchte, aus Wein Trauben zu machen. Ich sah natürlich, dass dies verfehlt war und fragte sie, ob sie denn nicht die grundlegenden Regeln der Physik kenne. Und das war ihre Antwort: „Herr, das Wort, „ich quäle mich", besteht aus zwei Ringen, die auf dem Tisch festgenagelt sind. Wenn einer die Zeigefinger seiner Hände in die Ringe hineinsteckt und versucht zu ziehen, wird er sich quälen."

Seitdem begannen mich ihre Worte zu beschäftigen, bis zum Grad eines Alptraums. Letztendlich verhalfen sie mir zu dem Verständnis, dass jemand die Wirklichkeit zerstören müsse. Dieser Jemand würde zweifelsohne kein anderer Mensch sein, als jenes Mädchen mit den hässlichen Lippen. Ich suchte sie überall, fand sie aber nirgends, bis ich allmählich langsam daran glaubte, dass die Worte des Mädchens keine anderen waren, als meine eigenen, dass dieses Mädchen, auf dessen Suche ich war, ich selbst war. Ich begann mit allen Mitteln die Bemühungen um die Verwirklichung meiner Entscheidung. Wesentlicher Anfang dazu war das Verschwinden des Handelns mit dem geistigen Stillstand. Hierzu war es zuerst notwendig, Zitronensaft in die Augen zu träufeln, damit ich besser sehen konnte. Ich tat es und das Ergebnis davon war, dass mich das Brennen, der Schmerz und der Gram fertigmachten. Nachdem das Mißgeschick mit der Wirkung der Zitrone vorüber war, stellte ich noch etwas fest. Ich stellte fest, dass es hier nicht um phosphoreszierende Meeresgemälde, Sterne, die auf goldenen Drachen reiten, oder billige Börsengeschäfte menschlichen Konsums ging. Hier ging es um eine ganze Welt. Eine Welt ohne Kamin, angefüllt nur mit verwaisten Brennhölzern. Verwüstet von jeglicher kleineren Barmherzigkeit, aber gefüllt mit einer Heiligkeit, dem eines Adlers gleich. Die Welt ist ein Lüftchen, ein melodisches Gelächter, das La la la einer etwas verstimmten und zerbrochenen Drehorgel.

Es ist Zeit, dass wir uns alle festhalten. Wie ich sehe, trifft der Schimpanse aus dem unendlichen Dunkel ein und mit ihm die endgültige Abwägung zwischen Wirklichkeit und Märchen. Sein Schatten ist schon zu spüren, sein aufgerichteter Penis, während ein triumphales Brüllen aus seinem Inneren kommt, das nur grenzenloses Schluchzen, jämmerliches Heulen und Klagelieder hervorbringen kann. Hier, wo wir angelangt sind, wäre es gut, wenn einer ein Streichholz anzündete und das bekannte „Ili, Ili" riefe. Dann wird sein ganzes Leben an ihm vorbeiziehen und es nicht ertragend, wird er auf den neben ihm stehenden speien. Wenn er ein Streichholz anzündet und „Ili, Ili" ruft, und nicht auf seinen Nächsten speit, sondern auf sich selbst, dann hat er vielleicht etwas erreicht. Wenn wir alle ein Streichholz anzünden, „Ili, Ili" rufen und nicht auf unsere Nächsten speien, sondern auf uns, dann haben wir vielleicht alle etwas erreicht. „Ich jedenfalls, der ich das getan habe, habe nichts zuwege gebracht, außer dass ich meine Kleidung beschmutzt habe und meine Mutter mich schlagen wird", sagte ein kleiner Junge, der zufällig meinen Rat gehört hatte. Ich antwortete ihm, „Du hast dein Leben nicht gelebt und folglich war das Erbrechen keine natürliche Reaktion, sondern wurde technisch hervorgerufen, indem du dein Fingerchen in deinen Hals stecktest". Beim Weggehen gab ich ihm die nachstehende Notiz, die er seiner Mutter geben sollte: „Liebe Frau, wenn sie dieses kleine Experiment durchführen, werden sie zu folgender Erkenntnis kommen: erstens, dass das Erbrechen sofort und augenblicklich eintreten wird, zweitens, dass sie keinen Ihrer Nachbarn beschmutzen werden, auch nicht sich selbst, weil Ihr todkranke Schweine seid. Denken Sie zum Schluß daran, dass die Palmbäume noch nicht ganz vertrocknet sind und dass sie noch blühen werden unter dem klaren, ungezügelten Licht der Nacht".

Am nächsten Tag bereits gab sie eine Anzeige gegen mich auf, wegen unzüchtiger Anträge. Das Gericht hielt den Grund ihrer Anzeige für gerechtfertigt und zusammen mit mir verurteilte es mein ursprüngliches Ziel.

Nach so langer Zeit, seitdem sich dies zugetragen hatte, sitze ich hier und denke daran zurück, und soeben

Zeibekiko

habe ich verstanden, warum das Barometer Sturm anzeigt, obwohl sich draußen keine Piniennadel bewegt. Der Schimpanse wird mich besuchen.

※ ※ ※

Der Taschenspieler

„Dieser Mensch war nicht so merkwürdig, wie man ihn einschätzte und sogar noch viel weniger böse."

An einem Tag, der weder außergewöhnlich war, noch sich irgendwie von den anderen Tagen desselben Monats unterschied, zeichnete er auf den Nagel seines Mittelfingers einen kleinen Menschen. Er biss seine Nägel nicht ab, und wenn man bedenkt, dass er erst vor kurz zwei Stunden einen Nagelschneider am Kiosk gekauft hatte, müsste er sie sogar pflegen und immer in Form halten, oder zumindest müssten sie jetzt in Form sein. Leider war seine Nagelhaut nicht von gleicher Schönheit, weil er schon seit seiner Kindheit diese schlechte Angewohnheit hatte, sie abzuschneiden. Demzufolge waren sie zumeist wund. Der Mensch auf dem gepflegten Nagel, umgeben von den verletzten und unordentlichen Nagelhäuten, hatte eine besondere Anmut. Bei wiederholtem Betrachten stellte er fest, dass noch etwas fehlte. Er hob die Feder und vervollständigte die Skizze, indem er ein Paar Schuhe mit hohen Absätzen hinzufügte, einen weißen Schal, Handschuhe, einen halbhohen Hut und zu guter letzt einen langen, schwarzen Smoking, der seinen Körper bekleidete. „Das ist es", rief er. „Jetzt fehlt ihm nicht mehr das geringste" und zufrieden ließ er den Finger sinken. Als er sich daran machte, die Feder mit der Kappe zu verschließen, schoss plötzlich eine weitere Idee durch seinen Kopf und ließ ihn die Zeichnung ein zweites mal betrachten. „Schuhe habe ich ihm angezogen, Schal, Smoking, halbhohen Hut, Handschuhe ebenfalls. Aber wo ist sein Stab?"

Zweifelsohne hatte er recht. Zu einer solchen Figur gehörte einfach ein Stab mit silbernem Griff. Er stieß einen kurzen Fluch aus wegen seiner Nachlässigkeit und machte sie sofort wieder gut. Der Stab stand dem Menschlein ganz wunderbar und man konnte schon meinen, dass er sich stolz brüstete, dort, hingezeichnet auf dem Nagel. Der Schöpfer, zufrieden mit seinem Werk, legte sich schlafen, mit leichter Seele und aufgeblasen von dem Genuss der Erschaffung.

Der nächste Tag brach an und das Menschlein befand sich noch schlaftrunken auf dem Nagel. Für einen Augenblick dachte der große Mensch daran, den Nagel abzuwaschen und die kleine Schöpfung zu zerstören, änderte aber bald darauf seine Meinung. Er wusch mit Vorsicht alle anderen Finger und ließ nur den mittleren Finger aus. Mit anderen Worten, schmutzig. Indem er

Der Taschenspieler

den herkömmlichen Morgenkaffee zubereitete, begann er darüber nachzudenken, was er mit diesem Menschlein auf seinem Nagel tun sollte. Er betrachtete ihn von hier, er betrachtete ihn von dort, bis er es letztendlich erkannte. Seine Gestalt und seine Machart waren haargenau die eines Taschenspielers. Die Idee begeisterte ihn buchstäblich. Was gab es spannenderes und schicksalhafteres, als einen Taschenspieler auf seinem Nagel zu haben. Er wird dir Hasen aus seinem Hut zaubern, Wildtauben aus seinen Manschetten und du wirst seine Fertigkeit bewundern. Nachdem er ihn also „Taschenspieler" getauft hatte, gab er ihm umgehend den Befehl, seine erste Nummer zu zeigen. Der Taschenspieler, den Auftrag seines Schöpfers achtend, hüpfte in dessen Hand und verbeugte sich, voller Stolz seine erste Nummer vorführend. Beeindruckt, gebot ihm der große Mensch, mit der zweiten Nummer fortzufahren. Der Taschenspieler-Mensch gehorchte wieder. In der Folge begann der Schöpfer unersättlich zu werden und sobald eine Nummer zu Ende war, verlangte er sofort die nächste.

Vollkommen verschwitzt und müde von den verschiedenen Darstellungen, gehorchte der Taschenspieler seinem Schöpfer und Gebieter, bis er mit seinen Kräften zu Ende war und auch keine weitere Nummer mehr vorzuzeigen hatte. Der Mensch begann seine kleine Schöpfung auf die gemeinste und drohendste Weise zu beschimpfen. Verängstigt, machte der Taschenspieler einen Salto und mit einem Sprung befand er sich wieder auf dem Nagel. Wild vor Zorn rannte der große Gebieter, um seinen Finger zu waschen und den Menschen, den er auf seinen Nagel gezeichnet hatte, zu vernichten. Aber nichts davon. So fest er auch rieb, er verschwand nicht. Er benutzte Azeton, Alkohol, Seife, die man zum Tellerwaschen verwendet, ohne dass irgend etwas davon zu einem Ergebnis geführt hätte. Er war außer sich. Er hasste den Taschenspieler bis zum letzten und dass er ihn nicht beseitigen konnte, brachte ihn dazu, ihn noch leidenschaftlicher zu hassen. In dieser seiner so schrecklichen Verzweiflung riss er sich den Nagel mit einer Zange aus. Obwohl der ganze, bläulich verfärbte Finger blutete, tat er nichts, um seine schrecklichen Schmerzen zu lindern, sein verwirrtes Hirn dachte nur, dass es die beste Art wäre, den Taschenspieler verschwinden zu lassen, den verstümmelten Nagel zu essen. Und tatsächlich, das tat er. Er steckte ihn in den Mund und vor Hastigkeit ließ er sich nicht einmal die Zeit ihn zu kauen. Er schluckte ihn ganz, so wie er war, hinunter.

„Wie also, soll man dich nicht als merkwürdig und ein wenig böse einschätzen, wenn du einen Taschenspieler im Magen hast…"

✤ ✤ ✤

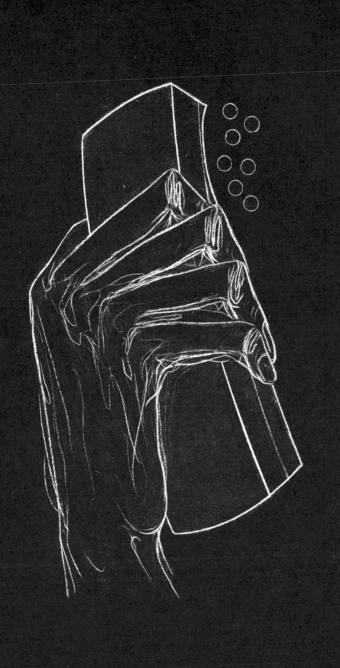

Die 45iger

I.

Es kann einzig und allein nur erschütternd sein, sonst nichts. Das Haus mit der Telefonnummer 0000000 gehörte vor einem halben Monat einem Bordell. Wenn mich jetzt jemand zu Hause anrufen will, braucht er nur diese Nummer zu wählen.

Einige Ereignisse des Lebens überzeugen dich davon, dass es sich um satanische Zufälle handelt – auch wenn man nicht an dergleichen glaubt. Aber hören Sie nur folgendes:

Bevor ich heiratete, es sind ungefähr sechs Monate her, brauchte ich, für eine Verabredung mit einem leichten Mädchen nur die Nummer 0000000 auf der Wählscheibe irgendeines Telefonapparates zu wählen. Und jetzt! Ich wähle die Nummer und frage meine Frau, ob ich ihr vielleicht Zucchini fürs Mittagessen einkaufen soll. Vielleicht finden Sie das lustig, vielleicht auch lächerlich, oder letztendlich ist Ihnen das gleichgültig. Für mich ist nichts dergleichen der Fall. Ich bin sicher, dass es sich um einen Zufall handelt, noch dazu um einen teuflischen. Hat also vielleicht der Unaussprechliche seine Hand im Spiel, in der Absicht mich dem Erdboden gleichzumachen, mich verrückt zu machen, dass ich jegliches Vertrauen in die zärtliche Umarmung meiner Frau verliere? Wohin soll ich also geführt werden und bei welchen schrecklichen Ereignissen soll ich mitwirken, indem ich die Rolle des Hauptdarstellers spiele? Und dann, was gibt es Tragischeres! Lassen wir es also sein, und ich tue gut daran, hier mit den Vermutungen über Satane aufzuhören, denn derjenige, der an sie glaubt, muss dann auch an die Existenz ihres großen Freundes glauben. Mir liegt so etwas fern.

An einem Samstag Morgen, gegen halb zwölf, wir waren gerade erst aufgewacht, und während ich den ersten Kaffee des Tages zubereitete, klingelte das Telefon.

„Lass', ich gehe schon, hörte ich meine Frau sagen, du pass auf, dass der Toast nicht anbrennt."

Mir waren natürlich sowohl die Toastschnitten, wie auch der Anruf gleichgültig, da sich in diesem Moment diese angenehme Empfindung ankündigte, die ich jeden Morgen spürte, um auf die Toilette zu gehen.

„Hallo, bitte. Ja ..., ich höre Sie nicht gut. Was sagten Sie? Sie wollen eine Verabredung ja, mit meinem Mann? Wie ...? Ob ich Sie verspotte? Was sagen Sie da? Was für eine Nummer haben Sie denn gewählt, mein Herr? 0000000? Ah, und was wollen Sie? Die Sylvie? Falsch mein Herr, falsch. Diesen Namen gibt es hier nicht."

Ach, dieser Mensch. Eine Arbeit habe ich ihm aufgetragen und er scheißt. Na bitte, der Toast ist verkohlt. Wer soll das jetzt essen. Und der andere, der Paranoide. Was soll man ihm sagen?

„Entschuldige meine Puppe! Siehst du, es kam viel und so plötzlich. Wer war am Apparat?"

Meine Frau schaute mich schräg an, die linke Augenbraue höher gezogen als die rechte, und sagte zu mir: „Sag mal. Hat man dich, bevor wir heirateten, vielleicht Sylvie gerufen?" Ich warf die Kaffeetasse direkt an die gegenüberliegende Wand. Wenn sie nicht gleich sprechen würde, gäbe es einen grossen Krach. Wo und wie wusste sie über Sylvie Bescheid?

„Komm, Liebling. Ich habe Spaß gemacht. Was ist mit dir los? In Ordnung. Ich weiß, dass deine Arbeit in letzter Zeit nicht so gut läuft, aber das ist kein Grund, dich bei jeder Kleinigkeit so aufzuregen. Oder ist es etwas anderes?"

Sofort verstand ich, dass sie keine Ahnung hatte, um was es ging. Ich nickte zustimmend mit dem Kopf und bat um Verzeihung für mein unerwartetes und schlechtes Verhalten. Ich wischte den verschütteten Kaffee auf und dann sprachen wir über ihre nachmittäglichen Einkäufe. Sie brauchte einen neuen Büstenhalter, einige Suppenwürfel fürs Abendessen und eine Schachtel Microgynon. Wir machten tatsächlich diese kleinen Einkäufe und den Rest des Tages verbrachten wir ruhig, ohne, dass einer von uns beiden das morgendliche Ereignis erwähnte. An diesem Abend schlief meine Frau, die wirklich müde war, schneller ein als sonst. Es ist keineswegs seltsam und außergewöhnlich, dass man, wenn man sich abends zu Bett legt, in dem Zeitabschnitt bevor man einschläft, den vergangenen Tag überdenkt und kritisiert. Ich dachte an die morgendliche Anspielung meiner Gefährtin und mir kam ein Erlebnis in den Sinn, das ich als Zwölfjähriger hatte. Die Gedanken gingen noch weitere fünf Jahre voraus, als ich siebzehn Jahre alt war. Meine Mutter spielte zusammen mit zwei ihrer Freundinnen und ihrem Bruder Kum-Kan (Kartenspiel) im Wohnzimmer unseres Hauses. Ich befand mich auf dem Höhepunkt meiner jugendlichen Gelüste und hatte vor, eines der unanständigen Häuser zu besuchen. Wahrhaftig, was für ein verfehltes Wort. Unanständiges Haus! Wie weit ist das von der Wirklichkeit entfernt. Es müsste eine Trennung gemacht werden zwischen

Bordell und unanständigem Haus. Ich finde nicht den geringsten Grund, warum der Ort, an dem ein Mensch seine sexuellen Bedürfnisse – wenn auch auf diese Weise – ehrlich bezahlend – befriedigen kann, so genannt werden muss: unanständiges Haus.

Wie ich mich erinnere, war es gegen acht Uhr abends und wenn ich meiner Mutter meine Absichten bezüglich des Bordells mitgeteilt hätte, würde sie mich zumindest zum Teufel schicken. Wenn ich ihr aber sagen würde, dass ich zu einer Freundin gehe, wäre das sicherlich anders. Siehst du, Frauen zu besuchen, die sich nicht hinter dem verfälschten Sinn der Ehre verstecken, indem sie die keuschen Jungfrauen spielen, zuerst ein Stieleis verlangen und dann einen Pelzmantel, ist weder unanständig, noch entehrend. Schließlich, nachdem ich mir etwas Saubereres angezogen hatte, ging ich ins Wohnzimmer, wo sich meine Mutter befand. Ich erklärte ihr, dass ich mich mit einer Mitschülerin zu Schularbeiten treffen würde.

„Um diese Zeit? Das ist wohl nicht dein Ernst, mein Kind. Geh' in dein Zimmer und lass die nächtlichen Spaziergänge."

„Aber, Mama, es handelt sich um eine sehr wichtige Arbeit. Außerdem ist es erst halb neun."

„Die Uhrzeit interessiert mich nicht. Du hast nirgendwo hinzugehen."

„Mich interessiert die Uhrzeit auch nicht. Ich habe sie nur erwähnt, weil du sie vorhin als so außerordentlich wichtige Begründung angegeben hast."

„Lass das viele Gerede und die Klugheiten beiseite."

„Onkel, ist es so schlimm, dass ich ein wenig ausgehen möchte?"

„Hörst du endlich, was ich dir sage? Und lass deinen Onkel in Ruhe. Ich kenne sie gut, deine Freundinnen."

Als ich aus dem Wohnzimmer ging, hörte ich, wie ihre Freundinnen, mit den zahlreichen sexuellen Problemen, ihren Ängsten und Komplexen, zu ihr sagten: Bravo, Sylvie. So ist es recht. Du musst die Zügel noch festhalten. Ich an deiner Stelle hätte das gleiche gesagt.

Sobald ich mich in mein Zimmer eingeschlossen hatte, dachte ich, dass dieses Thema nicht hier enden sollte. Ich war sehr tief gekränkt und das Verhalten meiner Mutter mir gegenüber, vor ihren Freundinnen, hatte mich in eine Sackgasse geführt. Es war notwendig, dass ich die beleidigendste Lösung für ihre Visage fand. Ich ging ans Fenster und zündete eine Zigarette an. Für ihre Visage? Hatte ich für ihre Visage gesagt? Verblüffend, murmelte ich, und beeilte mich, meinen schändlichen Plan in die Tat umzusetzen.

Als ich nach kurzem wieder ins Wohnzimmer kam, war meine Seele friedvoll und erleichtert. Ich ging gezielt auf meine Mutter zu, meine linke Hand war zur Faust geschlossen. Sie war über ihre Karten gebeugt und ich musste sie dazu bringen, den Kopf zu heben. Ich kam näher und sagte zu ihr: „Mama, schaust du einen Augenblick her?" Sie kam nicht dazu zu sagen: „Schon wieder du? Was willst du?" und, als ich ganz langsam meine Handfläche, mit dem jugendlichen, warmen Sperma, das ich soeben in meinem Zimmer hervorgebracht hatte, und das ich bis zu seiner Befreiung in diesem Augenblick in der Faust gehalten hatte, über ihr glitschiges Gesicht strich, rief ich: „Schau, zu was du mich hast kommen lassen!" Den Raum verlassend, wo meine unerwartete Handlung sogar die Spielkarten hatte stillstehen und erstarren lassen, drehte ich mich zu ihren Freundinnen um und sagte in triumphierendem Ton und mit Überheblichkeit in der Stimme zu ihnen: „Sie können daran lecken. Ich nehme an, dass Sie das sehr gerne tun möchten. Hennen!"

Als ich in meinem Rückblick innehielt, entkam mir ein so lauter Lacher, der fast meine Frau geweckt hätte. Jedenfalls, wenn ich jetzt so darüber nachdenke, einen Jugendlichen vor Dritten zu beleidigen, ist es das Schlimmste, was man ihm antun kann. Die folgenden Tage verliefen ohne besondere Vorkommnisse und, wie wir es nennen, häuslich. Das Schönste an diesen Tagen war eine Anekdote.

Zeibekiko

Es ist Weihnachtszeit: Menschen kommen und gehen auf den Strassen, mit Taschen, bunten Bällen, und bereiten sich auf das große Fest vor. Ein gut gekleideter Herr mit Tüten auf dem Arm geht in eine der üblichen Wohnungen. In den Vorraum eintretend, kommen drei Kinder zu ihm gelaufen – das größte nicht älter als elf Jahre – und begrüßen freudig den Herrn, der ihr Vater ist. Weiter hinten wärmt seine Frau Gemüsesuppe. Die drei Kinderchen dieses ernsthaften Familienvaters heißen Petros, Angeliki und das Nesthäkchen, seine kleinste Tochter, Marianthi. Nachdem er den Mantel aufgehängt hat, hebt der Papa die zwei Kinder auf seine Knie und beginnt, die Weihnachtsgeschenke an sie zu verteilen. Voll Freude warten die drei Kinder darauf, dass er die Geschenke aus der Tüte holt. „Komm, mein Petros", ruft er seinen Sohn. „Für dich hat dein Papa einen großen, großen Zug". Küsse von Petros an seinen Vater und beiderseitige Freude. „Für dich, meine süße Geli (er meinte Angeliki), habe ich ein Puppenhaus." „Oh, wie schön und wie riesengroß es ist". Die Szenen familiären Glücks gehen weiter. „Schön", sagt der Papa und setzt sich bequemer aufs Sofa. Die letzte aber, Marianthi, hat kein Geschenk erhalten. Was war los, hatte sie der Papa vergessen? Sie rennt in seine Arme. „Mir, was hast du mir gebracht?" Der Papa stösst sie weg und sagt: „Halt den Mund, du hast Krebs."

Am darauffolgenden Dienstag ereignete sich folgendes, das wieder mit dem verwünschten Telefon begann. Dieses Mal war ich es, der den Hörer abnahm und ich weiß nicht, ob es der gleiche Typ war, oder ein anderer, der Sylvie verlangte. Sylvie, wenn ich mich recht erinnere, war die sogenannte Puffmutter des Bordells mit der Nummer 0000000 und arrangierte die Verabredungen der verschiedenen Kunden. Früher hatte auch ich sie des öfteren verlangt und das Haus besucht. Aber jetzt war die Nummer an jemand anderen vergeben. Weg war Sylvie! Es gibt keine Sylvie unter dieser Nummer! Was wollen diese Bordellbesucher in meiner Wohnung! Wissen sie es nicht? Haben sie es nicht erfahren? Sie hat sich geändert! Die Nummer wurde einem anderen gegeben. Nun endlich, meine Wohnung ist kein Bordell! Hören Sie und merken Sie es sich gut. Ich bin nicht Sylvie! Ich war tatsächlich mit meinen Nerven am Ende und konnte es nicht länger aushalten. Die Nummer 0000000 begann ein Alptraum zu werden. Ich zitterte jedesmal wenn jemand die Puffmutter verlangte. Was, wenn ich das Telefonkabel durchschnitt? Was, wenn ich alles meiner Frau erzählte? Nein, ausgeschlossen. So gern ich auch wollte, ich konnte ihr nichts von meinen Ängsten erzählen. Sie würde mich sicher für Sylvie halten. Es musste schnellstens ein Mensch gefunden werden, der mich verstand. Ich versuchte mich zu beruhigen und logisch zu denken. Ja, dafür sind sie da. Das ist ihre Arbeit. Am nächsten Morgen besuchte ich ganz im Geheimen einen Psychologen.

Eine füllige Frau mit tiefem Dekolleté und dauergewelltem Haar war die Psychologin. Der Name, Elli Mos, hätte mich eigentlich darauf aufmerksam machen müssen, dass es sich um eine Frau handelte. In meiner Verwirrnis kam mir das nicht zu Bewusstsein und im Endeffekt war es auch nicht das, was mich beschäftigte. Zusammenfassend und in kurzen Worten, ich erklärte ihr mein Problem.

„Herr Falkon, was Sie mir erzählten, war wirklich sehr aufklärend, sodass ich in der Lage bin, Ihnen folgendes zu sagen, wozu Sie mir aufgrund Ihrer Enthüllungen das Recht geben. Bitte vergessen Sie auch nicht meine langjährige Erfahrung in Bezug auf derartige Begebenheiten, einer Tatsache außerdem, die meine gerahmten Diplome, meine Ehrenurkunden und sonstigen Diplome unter Beweis stellen. Vielleicht ist Ihnen auch bekannt, dass der Mensch, dieses vor allem als geistig charakterisierte Wesen …"

„Erlauben Sie mir, Frau Mos. Sie sind also nicht der gleichen Meinung?"

„Lassen Sie mich zu Ende führen. Wir werden auch zu diesem Punkt gelangen. Wie ich also sagte, der

Mensch wird von Zeit zu Zeit von verschiedenen Reaktionen beherrscht, die in seinem Unterbewusstsein Kurzschluss verursachen, und indem sie somit einige gewollte und gefallsüchtige Halluzinationen formen, die vielleicht sogar seine eigene Konstitution quälen und und zum Scheitern bringen und gleichzeitig jede Art von Kommunikation und Zusammenlebens, was immer es auch sei, zerstören. Ihr Fall, um zum Thema zu kommen, ohne lange unnütze Reden und Vorworte zu halten – seien Sie sicher, Herr Falkon, ich liebe lange Reden nicht – ist irgendwo hier zu finden. Auf jeden Fall muss eine Trennung gemacht werden, damit wir uns nicht verstricken, auf dem Weg zwischen den Verben kommt man auch zum hauptsächlichen Kern der Sache.

„Ich hoffe, dass Sie die feine, aber äußerst essentielle Differenz erfassen."

„Entschuldigen Sie, Frau Mos."

Ich erhob mich, hinterliess einen Geldschein, öffnete die Tür, ging ins Freie, atmete tief die Luft der Stadt ein und murmelte: „Ach, fick dich!" Verstehst du … ich plage mich mit einem so lebenswichtigen Problem und die Frau Psychologin, Elli Mos, spricht mit mir über Diplome, Kurzschlüsse und Halluzinationen. Ich hätte wirklich gerne gewusst, woher sie die Halluzinationen hat. Hier handelt es sich um eine klare und konkrete Angelegenheit.

Zeibekiko

Als ich nach Hause kam, muss ich gestehen, fühlte ich mich besser, nachdem ich aber vorher den Hörer abgehoben hatte, um sicher zu sein. Meine Frau hatte diese Bewegung bemerkt und ich begann mich aufzuregen.

„Wieso hast du den Hörer abgenommen?"

Für einen Moment fühlte ich mich in der Klemme. Daraufhin zeigte ich mich ein wenig zerstreut, um Zeit zu gewinnen, bis ich ihr voll dummer Ziererei antwortete.

„Na, meine Süsse. Ich wollte, dass wir uns lieben und dachte, dass man uns dabei nicht stört."

„Du hast mir auch manchmal unbeständige Gelüste."

Ich hatte nicht die geringste Lust auf Liebe. Was hätte ich ihr aber sonst antworten können. Trotz ihrer Bemerkung schien ihr die Idee zu gefallen und sie begann, sich mit den Vorbereitungen zu beschäftigen. Und dieweil, wie Kazantzakis schreibt, es eine Sünde ist, eine Frau unbefriedigt zu lassen, wenn diese bereit ist, und ich außerdem den Vorschlag gemacht hatte, gab ich nach. Der schreckliche Fehler lag aber woanders. Als ich den Hörer abnahm, hatte ich vergessen, irgendeine Nummer zu wählen, damit das Besetztzeichen kam, weswegen der Ton – obwohl der Apparat im Flur stand – mein Trommelfell durchbohrte. Auf der

Seite meiner Frau war es sehr viel erfreulicher. Irgendwie eigenartig, aber nur mich störte der Lärm, und wie ich so darum kämpfte, ihn aus meinen Ohren zu vertreiben, gab ich mich nicht völlig hin, mit dem Ergebnis, dass meine Ejakulation auf sich warten liess, währenddessen meine Gefährtin zwei Orgasmen von höchster Intensität erlebte. Darauf der kleine Kommentar meiner neben mir liegenden, befriedigten Frau: „Du solltest öfter den Hörer ablegen. Du warst heute so gut."

Nach dem misslungenen Versuch mit der Psychologin, der sicher, wenn sie etwas konkreter gewesen wäre, irgendein Ergebnis erzielt hätte, versuchte ich noch einmal, logisch zu denken und die Sache mit größerer Teilnahmslosigkeit zu betrachten Ich machte es mir im Schaukelstuhl bequem, mit einem Cocktail, den ich mir kurz vorher gemixt hatte. Er setzt sich, wenn wir 5/5 als Menge annehmen, aus folgenden Verhältnissen zusammen: 2/5 Rum, 1/5 Grand Marnier, 1/10 Vodka, 1/10 Zitronensaft und 1/5 Coca Cola. Mit viel zerstampftem Eis und nach gutem Umrühren hielt ich in meiner Hand ein erstklassiges Getränk. Während ich es schlürfte, begann ich, die Ereignisse, die mich bedrückten, zu ordnen. Es gab etwas, das mich ängstigte, etwas, vor dem ich zitterte, sicher etwas sehr Konkretes, aber gleichzeitig auch vollkommen Unbestimmtes. Aus erster Sicht war es ohne Zweifel das Telefon, dieser tragische Zufall. Aus zweiter Sicht und als hauptsächlicher Grund, Sylvie. Ich musste herausfinden, was mich an ihrer Erscheinung erschreckte. Ich erinnerte mich an die Worte meiner Frau: „Hat man dich, bevor wir heirateten, vielleicht Sylvie gerufen?".

Blitzschnell kam mir das Wort IDENTIFIZIERUNG in den Sinn. Das war es also! Nein! Es ist nicht möglich! Ich sprang von meinem Schaukelstuhl auf und fluchte wie wild. Ich werde diese Sylvie persönlich auffinden und ihr gegenübertreten. Wenn ich Einzelheiten von ihr erfahren habe, werde ich sie zwingen, überall zu verkündigen, dass sich ihre Telefonnummer geändert hat, und daneben die neue zu setzen.

Ich bin sogar bereit alle Ausgaben für die Annoncen zu übernehmen, werde ich ihr versichern.

Die Angelegenheit konnte und sollte nicht länger aufgeschoben werden.

Ich beendete meinen Cocktail mit einem großen Schluck und löschte die Zigarette, mit der ich mir fast die Finger verbrannt hätte. Ich gab meiner Frau eine vorläufige, aber glaubwürdige Ausrede für meinen plötzlichen und hastigen Aufbruch und verließ das Haus. Ich war mir sicher, dass sich jetzt alles auflösen, und dass dieser schreckliche Alptraum ein Ende nehmen würde.

Nach mühseligem und beharrlichem Nachdenken konnte ich den Bus ausfindig machen, den ich nehmen musste. Glücklicherweise sind in den Bussen die einzelnen Stationen aufgeführt und so konnte ich mich leicht daran orientieren, an welchem Ort ich aussteigen musste. Nach etwa zwanzig Minuten hatte ich den Bus verlassen. Mit einer seltsamen Beklemmung in der Brust begann ich zu laufen. Langsam kam die Erinnerung an diese bekannte Gegend in mein Gedächtnis zurück. Werden die anderen sich erinnern? Wenige Meter trennten mich von dem Haus mit seinem charakteristischen Licht. Ich beschleunigte meine Schritte. Seltsam! Ich schaute um mich und stellte fest, dass es keinen Nebel gab. Sie hätte jetzt erscheinen müssen. Ich war überzeugt, dass es hier war, und, tatsächlich, es war hier, mit dem Unterschied, dass nicht das geringste Licht zu sehen war. Die Läden waren fest geschlossen. Die Hoftüren abgesichert mit Ketten und Schlössern. Wie war das möglich? Es war Jahre unbewohnt. Zum Teufel, schimpfte ich. Und nochmals zum Teufel. Es war zu Ende. Bis hierher ging es. Jetzt, würde ich den schändlichen Zufall nicht beweisen können. Ich bin ein Verurteilter. Alle werden denken, ich sei diese verruchte Sylvie. Das war der vollendende Schlag. Die letzte Hoffnung von Rettung war verloren und mit ihr, wie es schien, würde auch ich verloren gehen.

Zeibekiko

Drei Tage später, am Freitag Abend, verlangten sie ganze viermal nach Sylvie. Mein Nervensystem war am Ende. In der Absicht, mich zu beruhigen, öffnete ich eine Flasche Gin, die ich für besondere Gelegenheiten aufgehoben hatte. Diese Tat erwies sich ferner als doppelter Fehler. Erstens, weil ich früher des öfteren die Neigung hatte, mich zu betrinken und der Gin weckte in mir alte Gelüste und, zweitens, die schicksalhafte Begebenheit die sich zutrug, war eine Folge der pathologischen Betrunkenheit. Als drei Drittel des Flascheninhalts in meinem Magen schwammen, erlitt ich so etwas wie ein Delirium. Ich glaubte, dass ständig das Telefon klingelte und dass man beharrlich nach Sylvie verlangte. Das Zerstörendste war, als einmal – und dieses einmal war ausreichend – das Klingeln des Apparates zu hören war und man tatsächlich nach der Puffmutter verlangte. In diesen Stunden also, hatte ich jegliches Wissen über die Wirklichkeit verloren. Alles in mir war alptraumartig verstrickt und ich verleugnete nicht das falsche Haus. Mit der größten Natürlichkeit und dem größten Komfort orientierte ich den an einem Besuch interessierten Herrn und beschrieb sogar alle geheimen Talente des Mädchens, das gerade zu haben war. Dieses Mädchen war niemand anders, als meine Frau. Der Kunde, begeistert von dem Bild, das ich ihm beschrieben hatte, versprach, spätestens in einer Stunde hier zu sein. Indem ich den Hörer auflegte, verstand ich nicht nur diese tragische Verstrickung, sondern, befriedigt, fuhr ich fort, zu sprechen und Verabredungen mit anderen nicht vorhandenen Kunden meiner verwirrten Phantasie zu schließen. Gigi-Katrin, so hieß meine Gefährtin, nahm keinen Anteil, denn jedesmal wenn ich trank, wollte sie mich nicht kennen und war zu allem fähig, einzig und allein aus Gegenreaktion, indem sie mir weh tat, wie auch ich ihr, wie sie mir wie üblich jedesmal, wenn ich zu mir kam, sagte und mich auf diese Weise bedrohte. Als der Kunde kam, fand er mich neben dem Telefon. Ich widmete ihm keine Aufmerksamkeit und, ohne dass ich mich zu ihm umdrehte, sagte ich ihm er möchte eintreten. Gigi-Katrin glaubte, es handle sich um irgendeinen Bekannten von mir und dachte voll Freude, dass sie den Rest des Abends vielleicht sogar angenehm verbringen würde. Aber das eine Übel bringt gewöhnlich das zweite und schlimmer. Der Typ war von der Art, welche die Frauen als charmant bezeichnen. Mit der Miene eines Menschen, der weiß, dass er es mit einer Prostituierten zu tun hat, sprach er angenehm, mit Anspielungen auf große Praktiken und zärtliche erotische Momente. Meine Frau, überwältigt von seiner natürlichen Schönheit und geschmeichelt von der Leichtigkeit, mit der er über derartige „delikate Themen" sprach, dachte an den sehr einfachen, alten Sinnspruch „Nichts Schlechtes ohne Gutes". Wie lange sie sich in liebestoller Umarmung wälzten, kann ich nicht wissen, da mich der Alkohol in einen komatösen Zustand versetzt hatte.

II.

Am nächsten Nachmittag, als er wieder zu sich kam, erinnerte er sich, was sehr natürlich ist, an gar nichts. Er hatte ein unbestimmtes und verworrenes Bild des gestrigen Abends. Das einzige, was er empfand, war, dass er wieder rückfällig werden würde. Der Typ, äusserst befriedigt von Gigi-Katrin, denn es ist etwas anderes, ob man mit einer Prostituierten geht, die etwas vorgibt, oder mit einer, die es freiwillig und freudig tut und tief in sich etwas spürt, verlangte nach einer zweiten Verabredung. Zur großen Freude von Gigi-Katrin befand sich Falkon wieder im Zustand des Deliriums und so geschah alles auf die inzwischen bekannte Weise. Weiter habe ich nicht viel hinzuzufügen. Der Typ brachte auch einen Freund, und so änderte sich das erotische Bild in ein Trio.

Interessant wäre, ein wenig in die Psychologie von Gigi-Katrin einzudringen. Hatte sie eigentlich nicht verstanden, was vor sich ging? Hatte sie nicht bemerkt, wie diese Typen sie sahen und aus welchem Grund sie diese regelmässigen Besuche machten? Konnte sie sich nicht die Folgen davon vorstellen und wo es enden könnte? Die Antwort auf all das ist: „Ja"! Sie wusste, dass diese Typen sie als gemeine Hure betrachteten und sah die Folgen voraus. Aber, diese erstmaligen Erfahrungen, für eine normale, kleinbürgerliche Frau, die bisher nie die sexuelle Befreiung erlebt hat, hatten zum Ergebnis, dass sich ihr neue Horizonte für eine andere Lebensart eröffneten. Sie sollten ihr unerhoffte Genüsse, die sie sonst nur in ihren kühnsten Träumen – in Schauer und Ekstase – durchlebte, bieten, und dass sie ihre Existenz durch andere Prismen und Dimensionen betrachten konnte. Sicher war dieses ganze Spiel gefährlich, da sie in fast nur einer Nacht allen ihren alten Grundsätzen von Angesicht zu Angesicht gegenüberstehen musste und das, an was sie bisher geglaubt hatte, neu abwägen musste. Sie hatte aber die paradoxe Kühnheit und Kraft, alles, bis zum Punkt der Verbannung, zu verwerfen und die Stufe emporzusteigen, die wir als erotische und geistige Ausschweifung bezeichnen, gleichzeitig zum anderen Ufer überwechselnd. Sie war einer von jenen Menschen die, als sie zur schrecklichen Gegenüberstellung ihres bisherigen Lebens kam, mit der Möglichkeit, einen vollkommen entgegengesetzten Kurs einzuschlagen, diese entgegengesetzte Richtung des Umsturzes wählte.

Zeibekiko

Was die Seite ihres Mannes betrifft, Herrn Andreas Falkon, außer den Phantasiegebilden, die der Alkohol in ihm gebar, war er tief im Unterbewusstsein von zweifelhafter Sexualität. Hier also beginnt die Verwicklung dieser Geschichte, das Geheimnis von Sylvie. Die Psychologen und Soziologen könnten uns hierzu vielerlei sagen. Ich werde aber noch ein wenig mit den Ereignissen fortfahren, die zur Aufklärung des geheimnisvollen Sittenverfalls beitragen.

Wie ich also bereits erwähnte, hatte Falkon ein doppeltes, sexuelles Leben, das er sich selbst aber niemals erlauben konnte. Als er dann aufgrund seiner ständigen Betrunkenheit sein zweites Selbst entdeckte und akzeptierte, war das ein Zustand, der, wie es schien, seiner Frau Gigi-Katrin gerade recht kam. Indem sie den letzten Ausweg in ihrer Leidenschaft fand, veranstaltete sie heftige, sexuelle Orgien.

Zufällig, an einem Tag, als sich Falkon mit alkoholfreiem Kopf befand, stand er einem anderen gegenüber, der um die zärtliche Umarmung seiner Frau schacherte. Dieser andere war weder der erste Schönling, noch sein Freund, noch ein Freund seines Freundes. Es war ein vollkommen fremder, nicht zur Sache gehörender Mann. Der Schock dieser Szene war von so großer Bedeutung, und das Ergebnis davon war, dass er sich eigenwillig die Erlaubnis nahm, seinen persönlichen Genüssen und seinen, jahrelang unterdrückten sexuellen Perversitäten nachzugeben. Gigi-Katrin, kürzte zugunsten des Berufes, ihren doppelten und komplizierten Namen und wandelte ihn einfach in Gigi um. Herr Falkon, seine doppelte Persönlichkeit enthüllend, übernahm die Rolle der Puffmutter.

Jetzt endlich, glaube ich, dass alles an diesem Geschehen klar ist, außer einigen kleinen Punkten noch. Gab es jemals die Nummer 0000000 in der Vergangenheit und, wenn es sie gab, gehörte sie einem Bordell? War Sylvie tatsächlich die Puffmutter dieses Hauses? Wohin ging Falkon an jenem Abend? War der Name seiner Mutter ein bloßer Zufall, oder etwas anderes? Und endlich, wie komme ich dazu, diese ganze Geschichte zu kennen?

Die Dinge sind nicht so verwickelt, wie es scheint. Sie müssen sich aus den vorausgegangenen Seiten an die Nacht erinnern, wo Falkon auf Anlass der morgendlichen Anspielung seiner Frau: „Hat man dich, bevor wir heirateten, vielleicht Sylvie gerufen?", eine Begebenheit in den Sinn kam, die er im Alter von zwölf Jahren erlebt hatte, und die er nicht berichtet hat.

Die Begebenheit war folgende:

„Als er von der Schule nach Hause kam, war er nicht allein, sondern hatte einen Mitschüler mitgebracht. Die beiden Jungen, Freunde seit dem Kindergarten und

Zeibekiko

Nachbarn, schlossen sich nach dem Essen im Zimmer des jungen Andreas ein. Sie lernten weder, noch spielten sie. Sie befanden sich im Alter, wo sie Zoll um Zoll ihren Körper kennenlernten und wo ihnen zu Bewusstsein kam, dass ihr sogenanntes Vögelchen nicht nur zum Pipimachen nützlich war, sondern, wenn es manchmal dicker und länger wurde, sie ein süßes und seltsames Empfinden erschütterte.

Nach diesem seltsamen und süßen Empfinden verlangten die beiden Knaben an jenem Tag und wollten es zusammen genießen. Gewöhnlich aber gelangen diese verbotenen Spiele nicht bis ans Ende. Die Mutter von Andreas erwischte sie dabei, wie sie sich streichelten. Nachdem sie ihren Sohn streng bestraft hatte, erlaubte sie ihm nicht, sich weiter mit diesem Jungen zu treffen, und außerdem schickte sie ihn auf eine andere Schule.

Dieser andere kleine Junge war ich. Nach dem Verbot der Mutter von Falkon entwickelten wir eine noch größere und festere Freundschaft, indem wir jeden Tag an die Adresse eines Freundes Briefe schrieben bis wir achtzehn Jahre alt waren. In dieser Zeit starb die Mutter von Andreas, die bis dahin einen sehr großen Einfluss auf ihn hatte. Nach ihrem Tod erwähnte er nie mehr ihren Namen. Sogar seine Frau, die er vier Jahre später heiratete, wusste gar nichts über sie. Andreas, immer schon ein eigenartiger und sensibler Mensch, wollte mich Gigi-Katrin nicht vorstellen, noch erzählte er ihr etwas von meiner Existenz. Nur ich hatte sie auf Fotos gesehen.

Eines Abends, lange bevor sich dies alles ereignete und die gespaltene Persönlichkeit meines Freundes zum Vorschein kam, hatten wir uns in einer Bar getroffen, wie wir es auch seit dem Tod seiner Mutter gewöhnt waren. In äusserster Aufregung begann er, mir die Geschichte seines Telefons zu erzählen und dass er glaubte, daß die Nummer 0000000 früher einem Bordell gehörte, dessen Puffmutter irgendeine Sylvie war. Sofort verstand ich, dass diese Geschichte nichts weiter war, als ein dunkles Hirngespinst. Die Nummer 0000000 war tatsächlich die Nummer seines Hauses, nichts weiter. Ich wusste von früher, dass er verschiedene Psychosen und fixe Ideen besaß, aber eine solche geistige Erschütterung von dieser Intensität bemerkte ich zum ersten Mal. Ich, meinerseits, verleugnete nicht das geringste. Im Gegenteil, ich stimmte mit ihm überein und bestärkte seinen Irrtum, indem ich ihm bestätigte, dass wir früher zusammen das Bordell besucht hatten. Und das tat ich, weil ich zu der Stunde, wo er sprach, etwas Gemeines aufgriff, auf Kosten des Kunstgriffes, von dem ich seit einiger Zeit nicht wusste, wie er mir glücken sollte. Es war also der geeignete Fall. Außerdem aber, betrachtete ich wirklich mit Staunen, wie dieser Mensch in sein psychisches Verderben geführt wurde und ich betrachtete es als spannendes und erhabenes Vergnügen, ihm dabei zu helfen, schneller dorthin zu gelangen. Hier muss ich auf jeden Fall anhalten, um zu erklären, weshalb ich nach so langer Freundschaft ehrlose Pläne gegen ihn hegte. Ich komme noch einmal auf den Vorgang zurück, der sich vor Jahren in seinem Haus zugetragen hatte, als wir zwölf Jahre alt waren. Seitdem ekelte es mich vor seiner Mutter und auch seine Teilnahmslosigkeit und seine Hintergedanken ekelten mich an. Wenn er sie nicht selbst mit der 45iger Dienstpistole seines Vaters erschossen hätte, indem er so einfach und schlau die Begebenheit inszenierte, als ob sein Vater der Mörder wäre – der dafür in den Militärgefängnissen verfaulte – vielleicht wäre ich es gewesen, der es getan hätte, und das, weil wir gemeinsam die verbrecherische Idee aufgegriffen hatten. Vater Falkon, aufgrund seines Berufes (Oberst des 2. Infanterie Regiments) war regelmässig über längere Zeitabschnitte abwesend. Die Abwesenheit ihres Mannes ausnützend, erhielt Sylvie Falkon gelegentlich Besuch von verschiedenen Liebhabern. Der Kern des ganzen Planes stützte sich auf genau diesen Punkt. Wir setzten also mit Andreas einen erpresserischen Brief an seinen Vater auf, in dem wir ihm mitteilten, dass wir, wenn er nicht unseren folgenden Forderungen nachkäme, unanständige Fotografien seiner Frau veröffentlichen würden. Er musste, ohne irgend jemandem und erst recht nicht der Polizei etwas mitzuteilen, im Morgengrauen des Tages, den wir ihm genannt hatten, ohne Verzögerungen nach Hause zurückkehren, ins Schlafzimmer seiner Frau gehen, wo er einen Brief mit weiteren Anweisungen auf ihrem Bett finden würde. Es war auch noch dick unterstrichen, dass seine Frau sich auf einem erotischen Wochenende befand und dass das Dienstpersonal aus diesem Grund frei hatte. Um die Erpressung noch glaubwürdiger zu machen, legten wir dem Brief ein paar Fotos von Sylvie in unanständigen Posen bei.

Wie wir auch richtig erwartet hatten, tappte Falkon in die Falle. Er kam tatsächlich an dem bestimmten Abend zurück. Stieg vorsichtig die Treppen hoch und ging ins Schlafzimmer seiner Frau. Andreas und ich, gut versteckt hinter der Türe, überfielen ihn, bevor er das Bett erreichte, um den Umschlag mit den angeblichen, weiteren Anweisungen zu nehmen und machten ihn mit Chloroform bewußtlos. Dann untersuchten wir seine Taschen und wie wir richtig vermutet hatten, fanden wir den ersten Brief, den wir in den nächsten zwei Minuten zusammen mit dem leeren Umschlag auf dem Bett vernichteten. Daraufhin brachten wir auch seine bewußtlose Mutter, der wir am Abend zuvor zwei starke Schlaftabletten von 2,5 mg in ihr Abendgetränk geworfen hatten, und legten sie aufs Bett. Wir hoben den Oberst auf und nachdem Andreas die flache 45iger aus der Hülle gezogen hatte, ohne sie mit blossen Händen zu berühren, drückte er sie ihm in die linke Hand. Die linke Hand war ein Detail, das wir nicht vergessen durften, da der Alte Linkshänder war. Alles war bereit. Andreas, seinen Finger über den seines Vaters legend, zog den Abzug dreimal. Der Tod von Sylvie Falkon trat augenblicklich ein. Schnellstens verliessen wir das Haus und rannten zu meinem, fünf Straßen weiter, was Andreas ein Alibi verschaffen sollte. Alles weitere entwickelte sich rasch. Aufgeregt durch die Schüsse, riefen die Nachbarn die Polizei. Die Sicherheitsbeamten, als sie im Schlafzimmer ankamen, standen dem Oberst gegenüber, der wehklagend und in entsetzlichem Zustand über dem toten Körper seiner Frau lag. Die Polizisten hegten nicht den geringsten Zweifel darüber, was vorgegangen war, als Sie Falkon, noch immer verwirrt, mit der 45iger in der Hand entdeckten. Die Morgenzeitungen schrieben in roten Buchstaben die Titel: „MORD AUS EHRE", „DREI KUGELN FÜR DIE UNTREUE" „MIT EINER FÜNFUNDVIERZIGER MAGNUM TRENNTE ER DAS HORN AB, DAS IHM SEINE FRAU AUFSETZTE" u. a.

Um aber dahin zurückzukehren, weshalb ich die Vernichtung meines Freundes wünschte, der wichtigste Grund war, dass ich ihm niemals erlauben und verzeihen konnte, dass er mich von seiner Frau fernhielt. Wovor hatte er Angst? Hatte er kein Vertrauen in mich? Glaubte er, dass ich seiner Freundschaft nicht würdig und zuverlässig genug sei?

Nachdem er mir misstraute, musste ich ihn entweder dazu bringen, seine Meinung zu ändern, oder ich musste mich entsprechend seines Argwohnes verhalten. Ich bevorzugte das zweite und gefährlichere.

Was die Auflösung des Geheimnisses betrifft, ist es selbstverständlich, dass es auch keine Puffmutter namens Sylvie gab. Der einzige Mensch, der auf diesen Namen hörte, war seine Mutter. Offensichtlich, da er für ihren Mord von Rechts wegen unbestraft geblieben war, verlangte sein Unterbewusstsein, überflutet von Erschütterungen und Schuldgefühlen, die moralische Bestrafung, die er dadurch erzielte, dass er in diesem Zusammenhang zur vollständigen Identifizierung mit der durch seine Hand getöteten Frau geführt wurde. Mit anderen Worten, dass er sie auferstehen und wieder zu Fleisch werden liess. Die Einmischung seines Vaters in dieses ganze Drama geschah nicht, weil er keinen Mut hatte, die Folgen des Mordes auf sich zu nehmen, sondern er betrachtete ihn, was den Anlass zu dem Verbrechen betraf, die eheliche Untreue nämlich, als den unmittelbar Verratenen und Beteiligten.

Hier nun, so war mein gemeiner Plan, der bei der Darlegung auf alle vorhergehenden Fragen antworten wird.

Ich war derjenige, der zum ersten Mal mit Gigi-Katrin am Telefon sprach und die imaginäre Sylvie verlangte.

Ich war derjenige, der ihn ständig anrief, indem ich jedes Mal meine Stimme änderte und seine Täuschung bis zum Wahnsinn und Alptraum trieb.

Ich war jener, der ihn als erster Kunde besuchte und in seiner Betrunkenheit konnte er mich nicht erkennen.

Ich war jener, den es undenkbar nach Gigi-Katrin gelüstete.

Alles, wie es sich bewies, verlief einwandfrei, genau nach meinem Plan, und ich hatte alle Einzelheiten vorausgesehen. Nur etwas war mir entgangen, aber Andreas selbst spielte mein Spiel. Am Abend, als er sich in logisch denkendem Zustand befand, wollte er die Sache aufklären und machte sich daran, Sylvie zu treffen, seine Schritte führten ihn sicher irgendwo hin, aber natürlich nicht zum Bordell, das gar nicht existierte, sondern vor sein Vaterhaus. Es ist äusserst interessant, wie sehr dieser Mensch das Empfinden für die Wirklichkeit und die Einbildungen verloren hatte. Wie sehr war alles in ihm verworren. Was für unglaubliche Zusammenhänge schaffte er und wo endete er.

Der unglückliche Andreas Falkon starb vor einigen Tagen an übermässigem Alkoholgenuss, zusammengerollt in seiner vielfarbigen, langen Robe, indem er den Telefonhörer hielt und sagte: „Hier Sylvie". Den ganzen ersten Teil der Tragödie, den Falkon erzählt, habe ich in allen Details seinem persönlichen Tagebuch entnommen, dessen Vorhandenseins er mir vor einiger Zeit anvertraut hatte, indem er mir das Recht gab, dieses nach seinem Tod als einziger, lieber Freund aufzubewahren.

✲ ✲ ✲

Marie Isabelle

Die tieferen Gründe zu betrachten, ist zumeist nicht einfach. Sie saß in einem durchsichtigen Unterkleid auf dem Boden. Der rechte Fuß wippte auf dem linken und das Gleichgewicht ihres Körpers hielt sie mit der linken Hand. Sie hatte kurzgeschnittene Haare und die Nase einer Französin. Biertrinkend, nickte sie unrhythmisch mit dem Kopf. Sie war hübsch, und ohne Grund hatte sie einen schwärmerisch verzückten Ausdruck. Nicht weit von ihr entfernt, ein kräftiger Sklave, dessen Brauen gerade noch zu sehen waren, wodurch sein Gesicht etwas abstoßendes erhielt, schleppte, dabei immer diese Kreuzung des Grauens passierend, auf seinem Rücken einen 65 Kilo schweren Sack. Der Sack enthielt, wie ich später erfuhr, 84 Gehirne junger Mädchen.

Genau gegenüber der Schönen stand eine Erdkugel, umgeben von einem Netz von Eisen, in der ein Lump eingeschlossen war. Von seinen Händen hingen Ketten, die kreisförmig am Sockel der Erdkugel befestigt waren. Irgendein gelangweilter, ungehobelter Lastträger gab der Kugel in regelmäßigen Abständen einen Stoß und brachte sie in tausend Umdrehungen, wie einen verrückten Kreisel. Der Lump bat dann verzweifelt um Wasser und der grobe Lastenträger spuckte ihm dreist direkt in den Mund. Gleich darauf leckte er an der Spucke und nahm befriedigt Kraft für die nächste Umdrehung. Eine knallrote Figur, die geistesabwesend Tabak kaute und ständig an ihrem nackten Penis herumfummelte, spielte die Rolle des Koordinators in diesem Schauspiel.

Schließlich, und damit ich von dieser ganzen Szenerie ja nichts übersehe, dort, irgendwo versteckt unter einer jungen, kränklichen Platane, konnte man auch den Vorgesetzten entdecken. Als Vorgesetzter hatte er viele verschieden Eigenschaften und Eigenheiten. Vor allem war er Prüfer von schadhaften Thermometern, für den Fall, dass sie sich bewegen sollten, Inspektor von Schambeinen – unter Bevorzugung solcher, die mit krankhaftem Schleim und gelblichen Flüssigkeiten gefüllt waren – Prüfer von Waschmaschinen, Fachmann in der Herstellung von „Al Diabolo" Soßen, nicht zu ersetzender Putzer öffentlicher Toiletten, sowie preisgekrönter Hypothekenbewahrer.

Am interessantesten von der Gesellschaft waren drei Kinder im Alter von sieben Jahren, die, im Kreis sitzend, ein Feuer anzündeten. Gerade als ich auf die Schöne zuging, hatte das Feuer zu lodern begonnen. Es sprühte Funken und Olivenholz wurde zu Asche. Plötzlich erhoben sich die drei Jungen zum Tanz. Ihre nackten Füße waren nur einige Zentimeter von der brennenden Feuerstelle entfernt. Ich erhob meinen Blick und kam zu der Schönen. Schneeweiße Knollen, in der Größe von Schlangeneiern, mit kleinem Loch in der Mitte, bildeten die zwei Augen der Schönen. Es war, als ob sie wüsste, dass ich ihretwegen gekommen war und sie bot mir den Stein neben ihr zum Sitzen an. Trotz ihrer Nacktheit, war ich weder in der Lage, mich zu erregen, noch war dies mein Ziel. Einige Sekunden später hörte sie auf, unrhythmisch mit dem Kopf zu nicken, und sich zu mir wendend, zeigte sie mir die Schnepfe, die sie in ihrer rechten Hand festgehalten hatte.

„Hier befindet sich die Macht, wisperte sie. Was beherrschst du? Hast du eine Schnepfe?"

Ich ließ einen leichten Rülpser hören und erhob mich. Der Sklave lief ununterbrochen. Ich musste auch laufen, um mit ihm einige Worte zu wechseln.

„Weshalb transportierst du ohne Unterlaß den Sack?"

„Was soll ich anderes tun? Und du, was transportierst du?"

Ich setzte das Gespräch nicht fort und erreichte den Platz genau gegenüber der Schönen, wo sich der in der Erdkugel eingeschlossene Lump befand.

„Was ist dein Unglück, rief ich, und was hast du Schreckliches getan?"

„Nichts. Als Kleinkind gefiel mir schon der Kreisel und allgemein, dass man mich bespuckte. Was gefällt dir?"

In diesem Moment gab der Lastenträger der Kugel einen Stoß und sofort danach spuckte er ihm tadellos gezielt in den Mund.

„Langweilt dich diese Arbeit nicht?"

„Überhaupt nicht. Für mich ist das eine lebenswichtige Angelegenheit. Außerdem scheide ich viel Spucke aus, und kaum hatte er diese Worte beendet, traf mich ein Auswurf von ihm."

Die knallrote Figur neben der Masse von gekautem Tabak, mit dem vom dauernden Herumfingern geschwollenen Penis, gaffte gemein.

„Du hast eine ansehnliche Anstellung, ist es nicht so?"

„Ganz im Gegenteil. Es ist ein Verkommen. Nebenbei, was hast du zu koordinieren?"

„Nichts."

„Nichts! Wie ist das möglich. Hast du nie Gutes getan?"

Ich hatte überhaupt keine Lust auf derartige Gespräche mit einem Onanisten. Außerdem würde ich vom Vorgesetzten Aufklärung über alle Geheimnisse erhalten. Als ich zu ihm kam, traf ich ihn dabei an, wie er tollwütig in einem riesigen Kessel herumrührte.

„Ist das Ihre Arbeit?" (Ich wollte ihn wegen seines Amtes in der Höflichkeitsform ansprechen).

„Zur Stunde, ja. Ich koche eine „Al Diabolo" Soße."
„Danach habe ich eine andere („Arbeit")."
„Ich hätte gerne einige Erklärungen von Ihnen. Wissen Sie, alles hier scheint mir so schrecklich eigenartig zu sein."

„Es gibt keine Erklärungen. Ich weiß, was du weißt. So fanden wir es, so setzen wir es fort."

„Wer hat Sie zum Vorgesetzten berufen?"
„Gott, wer hat ihn zum Gott berufen? Niemand."
Hier begann er, es mir zu verdrehen.
„Sie glauben also an Gott?"
„Es scheint, dass du etwas zurückgeblieben bist."
Nein, Herr. Nein. Glaubst du, dass alle hier an mich glauben? Nicht im geringsten. Wie ist es also möglich?

„Aber, ist es nicht das gleiche?"
„Lassen sie, lassen sie. Ich habe zu tun. Wenn du bleiben willst, finde eine Beschäftigung und hör' auf zu fragen. Es ist nervtötend und lästig."

„Sie haben recht. Nur noch eine letzte. Warum pissen Sie hierher?"

„Wie könnte ich deiner Meinung nach Toilettenputzer sein, wenn keiner existierte, der pisst? Aber, Sie verstehen nichts. Zum letzten Mal. Wenn Sie zu bleiben wünschen, beginnen Sie mit irgendeiner Arbeit. Andernfalls verschwinden Sie. Hier tun alle etwas. Betrachten Sie die drei Kinder, wie bereitwillig sie um das Feuer tanzen. Solange sie rundherum tanzen, werden sie nie erwachsen."

„Einverstanden. Ich beginne sofort mit der Arbeit."

Ich setzte mich unter einen Wasserhahn, mit der Mitte meines Kopfes genau dorthin, wo in Abständen ein Wassertropfen abfiel. Meine beiden Füße hielt ich mit einem riesigen Schloss zusammen und mein Körper saß bewegungslos auf dem Stuhl. Dann bat ich den Vorgesetzten, meine Hände festzubinden, damit ich sie nicht bewegen konnte, und außerdem sollte er neben dem Stuhl Pflöcke einhauen, damit sie die geringste Bewegung meines Kopfes verhinderten.

Jetzt, nachdem ich diese Erfahrung zu Papier gebracht habe, erwarte ich den Tropfen, der meinen Schädel durchdringt und meinen makabren Tod herbeiführt.

✿ ✿ ✿

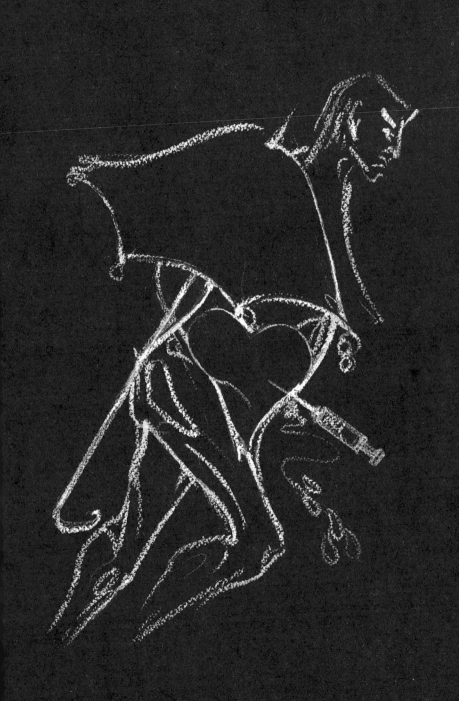

Das Fläschchen mit der lilafarbenen chinesischen Tusche

„Wieviel kostet das Fräulein?"
„85 Drachmen bitte."

Ich war glücklich. Ich hielt das kleine Fläschchen, das ich soeben im Geschäft für „Büromaterial" gekauft hatte, fest in meinen Händen. Ein Fläschchen mit lilafarbener, chinesischer Tusche. Mein Hirn quälte sich mit der großen Entscheidung. Ich zog es vor, zu Fuß nach Hause zu gehen, anstatt den üblichen Linienbus zu nehmen. Das Wetter war günstig für meinen gesamten psychologischen Zustand. Es regnete leidenschaftlich und der Nordwind weidete über der Stadt. Die Fußgänger, die wenigen, die auf dem Asphalt verblieben waren, richteten ihre Schirme gegen den Regen und den Wind. Ich lief etwa eine Stunde lang, bis ich die vertraute, geliebte Dattelpalme meines Stadtbezirkes erblickte. (Es geht das Gerücht um, dass dieser Dattelbaum bereits seit zweihundert Jahren auf dem gleichen Platz steht. Besonders die Türken, damals die Eroberer, betrachteten ihn als Zeichen ihres kommenden Niedergangs und Unheils. Am 15. Februar im Jahre 1819 stellte der örtliche Statthalter eine spezielle Mannschaft zusammen, deren Hauptaufgabe die Verbrennung dieses tropischen Baumes war. Das Unternehmen, das zwei Tage danach stattfand, endete mit einem vollkommenem Mißlingen zulasten der Eroberer. Die heilige Palme der Freiheit, diesen Namen gab man ihr gleich nach der Befreiung von den Heiden, magnetisierte auf zauberhafte Weise die gesamte Abordnung und zwang sie, in ewigen Schlaf zu fallen. Das Ereignis, was sehr natürlich war, verbreitete sich schnellstens im ganzen Land.

Der örtliche Statthalter, in Angst vor der Drohung des großen Pascha, beging nach wenigen Tagen Selbstmord.

Die Operation, die zur Ausführung vorlag, zeigt ein etwas besonders pompöses, auch einweihendes Bild. Ich zog das dafür vorgesehene Zeremoniegewand in den Farben blau und schwarz an, meine geliebten Pantoffeln mit den schwarzen Quasten, die weißen Handschuhe, das sauerkirschrote Halstuch, den rabenschwarzen, runden Hut. Über die Schreibtafel breitete ich das gelbe Tischtuch mit den goldenen Farbabstimmungen des Harzes. Auf die vier Ecken stellte ich mit Andacht bunte Kerzen. In die Mitte der Tafel, die ich

Das Fläschchen mit der lilafarbenen chinesischen Tusche

mit geometrischer Genauigkeit lokalisiert hatte, stellte ich sanft das Fläschchen mit der lilafarbenen, chinesischen Tusche. Gleich daneben befand sich die medizinische Spritze. Parallel dazu und genau gegenüber, die schwarze Feder. In höchster Gesinnung erhob ich das Glas und trank einen großen Schluck Wodka. Die Zeremonie begann. Die Flammen der Kerzen knisterten im Verbrennen. Ich spielte einzweimal mit meinen Fingern, damit sie die entsprechende Geschmeidigkeit erlangten, nützlich für die Operation. Ich hob die Feder. Mit besonderer Vorsicht entschraubte ich den unteren Teil ihres Körpers. Ich sonderte die spezielle Ampulle ab, indem ich sie zwischen Daumen und Zeigefinger der linken Hand hielt. In die rechte nahm ich den Verschluß von dem gläsernen Fläschchen mit der lilafarbenen, chinesischen Tusche. Ich stellte es sanft wieder zurück in das Zentrum der Tafel. Nachdem ich die medizinische Spritze zuerst gestreichelt hatte, zog ich entschlossen ihren Kolben, dass sie sich mit der lilafarbenen, chinesischen Tusche füllte. Ich machte eine Verschnaufpause. Die Gemütserregung wurde unerträglich. Ich brauchte eine Zigarette. Ich zog ihren Rauch heftig und tief in meine Lungen ein und nahm mir Mut und Kraft für die Fortsetzung des kritischen Vorhabens. Die Flüssigkeit ergoß sich jetzt mit erstaunlicher Leichtigkeit in die Ampulle. Die Operation würde gleich zu Ende sein. Gänzlich verschwitzt, beobachtete ich die Freudensprünge meines Herzens, die hüpften, als ob sie eine hochmütige Stimmung in dieser ganzen Sache anzukündigen hätten.

Die Stunde nähert sich. Das schwarze, gallige Dunkel begann, eines nach dem anderen seine Hufe zu werfen. Meine Operation näherte sich ihrem Ende. Ich würde mich in ihren feuergefärbten Widersprüchen wälzen. Ich würde eins werden mit dem ausgebreiteten Blumenschmuck. Ihren die Einsamkeit liebenden Gerippen. Die Zuckungen der ewigen Erlösung rütteln mich auf. Wie es scheint, hat der Zunder unlöschbares Feuer angefacht. Die düstere Kröte hat mir das Moos des Frühlings genommen, indem sie es sich entweder darauf, morastbedeckt bequem machte oder ihre Füße an den Klippen abstreifte, mein finsteres, zynisches Geschick preisend. Ich habe den Eindruck, dass mit all diesen wunderlichen Widersprüchen die Stunde meines meuchlerischen Todes gekommen sein müßte. Los denn. Ich erwarte ihn!

„Guten Tag, Pater Alexis hast du diesen verrückten Jakob gesehen? Er schuldet mir noch Geld."

„Nein, auch ich habe ihn mehrere Tage nicht zu Gesicht bekommen. Warte. Jetzt, wo du das sagst, erinnere ich mich an etwas. Vorgestern Nachmittag glaube ich, ihn gesehen zu haben, als er wie besessen im Stall des

Hufschmids gegraben hat. Aber besser, du gehst direkt in seine Kammer, wo er wie üblich eingeschlossen ist."
„Danke, Pater."
(Pater Alexis war früher ein richtiger Verbrecher. Er vergewaltigte, verdarb Jugendliche, verübte Grabschändungen. Heute ist er Priester der Gemeinde. Ehrbarer Alter mit rauhem Bart und Knoten in seinen krausigen, weißen Haaren). Ich stieg die Treppen, die zu Jakobs Kammer führten, hinauf. Ich klopfte an die Tür dieses seltsamen Menschen. Kein Ton war auf mein Klopfen zu hören. Ich brach die Tür auf. Ich trat ein. Ich stand vor der Tafel mit dem gelben Tischtuch. Die zerlaufenen Kerzen tropften von den vier Ecken. Jakob lag in seinem Totengewand am Boden. Der Anblick seines Gesichtes war obszön. Tiefe Male wiesen auf Folter hin, und dass er unter den schrecklichsten, unerträglichsten, fatalsten Schmerzen gelitten haben musste. Ich stellte fest, dass er tot war. Der Gerichtsarzt verriet später den Grund seines schrecklichen Todes. Er war vom Tetanus befallen.

✢ ✢ ✢

Der Blumentopf mit der Peperomie

Die Decke bekam Pflanzen. Die Tischchen wurden mit kleinen rundlichen Kakteen dekoriert. Henriette kam zu Bewusstsein, dass ihr diese fremd waren. Das Zimmer kannte sie sehr gut, weil sie es in der Vergangenheit sehr oft besucht hatte. Aber den Pflanzen und Kakteen begegnete sie zum ersten Mal. Eintretend, hatte sie Angst davor, dass ihr sogar ein Blumentopf auf den Kopf fallen könnte. Sie vermied es, in die Nähe der Tischchen zu kommen, damit sie nicht etwa eine der Kakteen stach. Morris wartete nackt auf dem Kanapé. Hundert Mal schon befand sich Henriette diesem Anblick gegenüber. Sie hatte ihre Rolle in dieser ganzen Szenerie des Zimmers zu spielen. Ihren Blick auf die Pflanzen und Kakteen geheftet, gab ihrem Körper ein grimmig irisierendes Aussehen. Morris hieß sie wie immer willkommen. Henriette zog sich aus und der Mann nahm sie ungestüm. Er zündete sich eine Zigarette zwichen seinen Lippen an und betrank sich mit Whisky. Das Mädchen zog Pantoffel über ihre nackten

Füße und ging ins Bad. Die Tropfen aus der lauwarmen Dusche befreiten sie von dem Ekel, der schwer und erstickend auf ihr ganzes Sein fiel. Gewöhnlich spielten sich die Bewegungen immer nach dem gleichen Muster ab. Henriette entfernte sich schweigend und der Mann fing nach dem zweiten Whisky an zu fluchen.

An diesem Tag nahmen die Begebenheiten nicht diesen Verlauf. Henriette zog sich nicht an. Sie wickelte einfach nur einen Schal um ihren Körper und setzte ihren Hintern etwas unbequem auf einen Puff.

Morris fluchte nicht. Vielleicht beeinflussten die Pflanzen das Herkömmliche. Der ungehobelte Mann füllte das dritte Glas. Die Kleine fing an, sich laut auf die Feuersteine ihrer Jugend zu besinnen.

Ich war neun. Gerade neun Jahre alt. Mein Bruder ging links und meine rechte Hand hielt meine inzwischen verlorene Kinderfreundin Melanie. Der kleine Bruder mit dem für einen Jungen seltsamen Namen, Mol, lief hochmütig, allein voraus. An diesem Tag bewegte sich der Mittag leise und beißend über unsere kleine Stadt. Wir stiegen auf den abseits gelegenen Waldhügel unseres Bezirkes. Der kleine Mol lief im sittsamen Dreierschritt und wiederholte singend eines von den Gedichtlein, die unsere Mutter geschrieben hatte: „Die weise Mutter fragt sich, welchen von den beiden

Der Blumentopf mit der Peperomie

sie beweinen solle. Aber sie fand keinen Ausweg. Vielleicht kennt ihn der Mond".

Ringsherum schien alles in Erstarrung gefallen zu sein und die schweigende Erforschung des Hügelchens rief bei uns großes Vergnügen hervor. Eine zitternde und dröhnende Stimme peitschte das Schweigen. Wir liefen auf sie zu. Das Echo kam jetzt klarer hervor. Die männliche Stimme wiederholte ständig: „Die engen Pfädchen verwirren die kleinen Kinderchen". „Die engen Pfädchen verwirren die kleinen Kinderchen".

Wir kamen aus der Fassung. Die kindliche Neugier trieb uns in Richtung des Mannes. Der Mann hörte einen Moment mit dem Lied auf und mit einem Ton, den ich jetzt als lyrisch charakterisieren kann, rief er: „Grüßt euch, kleine Kinderchen, ich bin eines der engen Pfädchen. Passt auf. Die engen Pfädchen verwirren die kleinen Kinderchen". Seine Hose war heruntergelassen und an seinen Knien steckengeblieben. Die rotgepunktete Unterhose befand sich genau über seiner Hose. Die für uns damals seltsam aufgeblasenen „Fleischmassen" zwischen seinen Schenkeln und die schwarze Behaarung drumherum ließen uns übel werden. Für einige Augenblicke blieben wir dort wie vereist, unbeweglich stehen. Der Mann hüpfte auf und ab und sein Glied schlug auf seine Schenkel.

Unsere Flucht war ungestüm und entschlossen, wie ein kleiner Bach, dem der kopfverdrehende Regen plötzlich Macht gibt, einen reißenden Fluß zu bilden.

Melanie schlug sich ihr Bein auf. Das kindliche Blut befeuchtete die Erde. Ich weinte. Mol brach einen Zweig und machte ihn in seiner Fantasie zum Speer. Wir brauchten eine Verschnaufpause. Wir setzten uns.

„Lasst uns große Steine nehmen", kreischte der Junge.

Die Stimme folgte uns unbarmherzig und unermüdlich. „Die engen Pfädchen verwirren die kleinen Kinderchen". Der Alptraum ließ uns nicht los. Die Panik hinderte uns daran, einen Schritt vorwärts zu tun. Wir waren die Beute des perversen Mannes. Er kam näher. Er erreichte uns. Seine Hosen waren hochgezogen, wahrscheinlich damit er leichter laufen konnte, aber sofort ließ er sie wieder fallen. Die karierte Hose und die gepunktete rote Unterhose blieben an der gleichen Stelle stecken. Der große Stein und der Zweig fielen aus den kleinen, vor Furcht gelähmten Händen von Mol. Melanie bückte sich. Ich schloß die Augen. Das Blut klopfte in den Schläfen.

Die zitternde, dröhnende Stimme nahm jetzt einen süßlichen Farbton an:

„Rennt nicht weiter Kinderchen. Ich suche ein enges Pfädchen um mein „kaka" zu machen. Wenn ihr ein

Der Blumentopf mit der Peperomie

solches kennt, zeigt es mir. Ich kann mich nicht länger halten".

Henriette hielt in ihrer Erinnerung inne und drehte sich zu Morris. Sie hatte Tränen in ihren Augen. Die düstere Erinnerung machte sie empfindsam. Sie erhob sich vom Puff und ging zum Mann. Er war tot. Sein Kopf aufgeschlagen. Die unlogische Angst, die sie beim Eintreten ins Zimmer überkommen hatte, verwirklichte sich. Einer von den Blumentöpfen fiel herab und die Pflanze tötete ihn. Henriette warf den Schal ab und bekleidete ihren Körper.

Der Kopf des Mannes war unter den Blättern der Peperomie erblüht … Seine Finger zeigten kleine Bisse.

✿ ✿ ✿

Der Jüngling mit den großen Augen

Der Schlaf der vergangenen Nacht verlief für den Jüngling mit den großen Augen und dem glänzenden, wohlgeformten Körper, unruhig. Er hatte nicht die geringste Lust, nach draußen zu gehen, geschweige denn, zur Schule.

„Du kommst zu spät", schimpfte die Mutter in dem unordentlichen, weiten Morgenmantel. Ihre hängenden Wangen und ihr dickes Doppelkinn wackelten jedesmal unappetitlich, wenn sie sprach.

„Lass mich in Ruhe Mutter. Ich habe keine Lust."

„Taugenichts. Geh' mir aus dem Weg. Ich und dein verstorbener Vater, wenn du wüßtest, wieviele Opfer..."

Diese Geschichten mit den Opfern und allem anderen, hatte der Jüngling bereits tausende von Malen gehört. An diesem Morgen, wo der dezemberliche Wind pfiff und Eiswasser auf die Erde niederschlug, verschloss er seine Ohren, die keine Lust hatten, noch einmal das gleiche zu hören. Er ließ sie fluchen, gebeugt über ihren Abspülberg.

Das kleine Zimmer hatte für ihn eine erlösende Atmosphäre. Er schloss sich dort ein. Er betrachtete sein

Malgestell, seine Paletten, die Farben, die Pinsel im Glas, er roch an der Flasche mit dem Terpentinöl. Das waren einige von den wenigen Gegenständen, die er liebte. Vielleicht sogar die einzigen. Mit ihnen konnte er reisen, ohne Grenzen und weit weg, bis zur Berührung des Abgrundes. Er konnte sich in Labyrinthe verstricken und sein Entkommen aus denselben feiern. Er konnte sich als Held fühlen. Er konnte glücklich werden. Der Jüngling mit den großen Augen blieb nicht beim „konnte". Er hatte ein hervorragendes Talent, seine Pinsel und seine Farben zu beherrschen. Jegliche Empfindung wurde zur Wirklichkeit auf seiner Leinwand, er gab ihr Leben und gleichzeitig empfing er Leben. Durch diese Gemälde gelang es ihm, das Gleichgewicht herzustellen, das notwendig war, und nachdem er dies auch wollte, um unter der Bezeichnung: „Mensch", zu existieren.

Es war ein tragischer, schicksalschwerer Freitagmittag, als ich ihn kennen lernte. Kurz bevor ich den Laden schloss. Prachtvoller Wuchs, stramme Arme, tiefe, ausgeprägte Gesichtszüge. Unter seiner Achsel hielt er einen Umschlag.

„Guten Tag. Hätten Sie die Freundlichkeit, einen Blick auf diese Werke zu werfen? Es sind nämlich meine …"

Sein jugendliches Alter machte ihn spontan, so echt. Es war mir unmöglich, gleichgültig zu bleiben. In seinen großen Augen konnte ich einen Ausdruck von Klage, Bitte, Hoffnung, lesen. Der Jüngling gab mir den Umschlag. Auf einigen seiner Zeichnungen hatte er verschiedene Fragmente, wie Bildunterschriften geschrieben: „Ein kleiner, weißer Salon, der von einer sanften, und gleichzeitig trügerischen, byzantinischen Psalmodie berieselt wird". Auf einer anderen: „Das Quartetto der Hölle". Ich war aufgeregt. Seine Zeichnungen zogen mich außerordentlich in Bann. Selten hatte ich einen solchen Ausdruck von Feingefühl angetroffen. Ich begegnete seinem Blick.

„Also", war seine Stimme im Ton ungewöhnlicher Ungeduld und Unsicherheit zu hören.

„Ihre Arbeit begeistert mich. Sie haben großes Talent."

„Es freut mich, dass Sie das feststellen, Herr."

Ich lud diesen außerordentlichen Menschen sofort zum Essen ein. Ich begehrte, alles über ihn zu erfahren, dass er in einem fort mit mir spreche, dass er mir sein innerstes Sein offenbare. Zum Schluss fragte ich ihn, ob ich seine Werke kaufen könnte. Er antwortete mit nein. Er hatte keine Absicht. Er wollte einfach nur meine Meinung darüber hören, da ich ein Mensch aus dieser Branche war. Fortfahrend sagte er, dass dies die einzigen seien, die er momentan hätte. Schroff setzte er noch hinzu: „Es ist auch gegen mein Gewissen". Nach diesem letzten Satz hielt ich dann den Mund. Ich bot mich daraufhin an, ihn nach Hause zu bringen, aber auch das nahm er nicht an. Ich verlangte seine Telefonnummer, aber er zog es vor, meine zu notieren.

Neun Tage waren bereits seit jenem aufregenden Mittag vergangen. Am elften Tag rief er mich an. Ich bat ihn sofort um ein Treffen. Er nahm bereitwillig an. Er würde mir neue Arbeiten bringen. Die Ereignisse begannen von da an einen ungestümen Verlauf zu nehmen, für mein zeitweiliges Wohlergehen, und für die totale Zerstörung des Jünglings.

Ich stellte seine Werke in der bekannten Galerie eines Hotels vor. Sie fanden großen Anklang. Am letzten Tag der Ausstellung brachte ich ihn zu mir nach Hause, sagte ihm, dass ich ihn liebte, gab ihm zu rauchen und er liebte mich. Wir lebten eine ganze Woche zusammen. Am Donnerstag Vormittag verschwand er. Nach siebzehn Tagen rannte ich in aufgeregtem Zustand zu ihm nach Hause. Ich brauchte ihn. Ich brauchte seine großen Augen, seine starken Arme, seine echte und spontane Stimme. Seine Mutter mit dem unordentlichen Schlafrock sagte mir, dass er nicht da sei. Ich fluchte. Am nächsten Tag drückte er auf die Klingel meiner Schwelle. Ich bat ihn, einzutreten, um ihm Kaffee zu geben, Whisky, Geld, Essen.

Was immer er wollte. Der Jüngling lehnte ab. Er wollte nur mit mir sprechen. Ich setzte mich neben ihn.

Der Jüngling mit den großen Augen

Er warf mir zwei handgeschriebene Seiten hin und sagte: „Lies laut. Ich will Dichter werden. Gib mir noch einmal deine so „glänzende Ansicht". Ich begann, auf sein Verlangen hin, laut zu lesen:

„Das Schöne süchtig des Mondes
schenkte unauslöschlich die Wahrheit
dem Sandhügel mit den Gurkenfeldern.
Gallopierte die kleine närrische Liebe
der Nacht
im Garten der Rosen.
Die Paarung des Knaben
blieb unvernünftige Wonne
für den bitteren Tropfen von Tau
des unerschütterlichen Schweigens.
Der Jüngling mit den drei unheilbaren,
ungezügelten Gaben
löschte die Lampe der Wollust
schreiend:
Nie Mehr.
Die Violine spielte im Nachklang
gleich dem des Rubins
auf den Gipfeln der Pyrenäen
verdammend die mit kristallenen
Blitzen beladene Göttin der Liebe."

Ich zitterte am ganzen Leib. Ich nahm das zweite.

„Mann gekleidet in die schwarzen Farben
der mondgesandten Morgendämmerung,
Dich rufe ich.
Diamantene Tropfen des Regens,
Euch preise ich.
Auf und Ab des Windes
die ihr spielt auf der großen schneeweißen
Straße von bernsteinfarbenen Seerosen,
Euch liebe ich.
Ruf in der Welt des Schweigens,
Dich erwarte ich."

Gerade als ich mit dem Lesen dieses zweiten, brillianten Gedichtes zu Ende war, hörte ich einen schrecklichen Schrei aus meiner Küche kommen. Es kam von dem Jüngling. Ich glaubte, er spiele mit mir, wegen meiner Stimme, die während der Dauer des Vorlesens eine tiefe Bewegung zeigte. Dem war aber nicht so. Der Jüngling mit den großen Augen lag zuckend da, in der rechten Hand seine Geschlechtsteile haltend.

Er hatte sich entmannt.

❋ ❋ ❋

Die Sage von der Meerjungfrau

Die Abstammung meines Freundes von den Inseln des Dodekanes, war der Anlass zu dem Besuch seiner Heimat, der Insel Kalymnos. Ich habe nicht die Absicht, sie mit den Beschreibungen der Naturschönheiten dieser Insel, die wahrhaft mannigfaltig sind, zu ermüden, denn ich würde ihnen empfehlen, diese selbst zu besuchen. Mein Freund Philipp wohnte in der alten Hauptstadt, der sogenannten „Chora", etwas unterhalb der Festung, die in der Zeit der Piratenzüge als Unterschlupf diente. Die ersten zwei Tage führte mich mein lieber Philipp in alle guten Ouzerien. Am dritten Tag, auf einen unerwarteten Anruf hin, den Philipp erhielt, musste er sich eiligst zu seinem Landgut in Vathy begeben, da, wie der Gutswächter ihm berichtete, irgendein ausländischer Tourist seinen Orangenhain verwüstete. Vathy ist eine ausgesprochen schöne Gegend im Osten der Insel, und mit einem der gedrungenen Trechantiria (Schnellsegler) von der heutigen Hauptstadt in ungefähr zwei Stunden zu erreichen. Auf den Rat meines Freundes mietete ich ein

Zeibekiko

Kaiki (kleines Boot) nach Emporios°. Emporios war der Platz irgendwann im Mittelalter. Es war der Treffpunkt, an dem die Händler ihre gewöhnlich gestohlene Ware ausluden, und die Einheimischen sie kauften. Mit anderen Worten, eine Art Handelsplatz, deshalb der Name Emporios.

Das Kaiki brauchte eine halbe Stunde, um im kleinen Hafen von Emporios anzulegen. Alles in allem gab es fünf Häuser, von denen das eine das sogenannte „Kafenion" war. Hier also „landete" ich. Ich bestellte Ouzo und auf Holzkohle gegrillten Oktopus. An den Nebentischchen saßen vier Kalymnioten mit kräftigen Armen und Brustkörben. Während ich meinen Ouzo trank, wettete ich mit dem Teufel, dass sie alte Schwammtaucher waren. Als Fremder, der ich in dieser Gegend war, warfen sie mir einen argwöhnischen Blick zu. Da ich kein böser Mensch bin, bestellte ich beim Besitzer des Kafenion für die vier eine Runde Ouzo mit Imbiß (Meze). Sie tranken den ersten, ohne daran zu denken, mir zu danken. Ich spendierte ihnen einen zweiten, einen dritten. Beim vierten waren sie leicht angeheitert und sie dankten mir nicht nur einfach, sondern sie kamen sogar zu meinem Tischchen. Alte, sturmverwitterte Gesichter mit stillen Blicken. Der eine mit langem Backenbart, mit verrücktem Schnauzbart. Der zweite, mit Vollbart bis zu seiner männlichen Brust. Der

---

°Emporion = Handel

Die Sage von der Meerjungfrau

dritte, Tätowierungen mit Meerjungfrauen, Teufeln, gekräuselten Sonnen, einem den Kopf verdrehende Dreizacke, bleichen Monden, eroberten Burgen, verankerten Schiffen. Mit hektischen Zauberern der vierte. Diesen hielt ich für den interessantesten und zu ihm sprach ich mein erstes Wort: „Erzähl"! Ich war mir so sicher, dass er von seltsamen Dingen zu sagen wusste, wie auch heute der Sonnenuntergang hinter dem Horizont seiner Jugend verlöschen wird.

Der Alte, mit seinen bunten, über den ganzen Körper verstreuten Tätowierungen, begann von einer Sage zu erzählen, die er als satanisch bezeichnete. Mit der exakten Genauigkeit, die mir das Tonband bietet, das ich vorsorglich mitgebracht hatte, werde ich das Gesagte niederschreiben, allerdings in der notwendigen „kleinen" Übersetzung des kalymniotischen Dialektes, in dem er sprach:

„Es gab einen einzigen Blickwinkel, von dem aus man das zweizackige Kap sehen konnte. Das Meer, von dem es umgeben war, bewachte es streng. Die Breitengrade waren ausgesprochen konkret, und viele, wie die Sage es will, bezeugten ihre Existenz. In der Regel waren es alte Seeleute, die aus der Ferne etwas wie einen Zweizack unterscheiden konnten, dem aber niemand näher kam. Viele, starke, schöne, tapfere junge Männer voll Wagemut, versuchten, dorthin zu gelangen, denn

Zeibekiko

die Sage der alten Seeleute sang von einer meergeborenen Jungfrau. Niemand konnte das zweizackige Kap erreichen, denn das Meer, wie ein engelhafter Beschützer, hütete mit Wirbeln, Strudeln und Stürmen das Wasser, das es umgab. Als wenn es etwas schicksalhaftes, tragisches überbrachte, wieherte in dieser eigentümlichem Nacht mit übermäßigem Wind, ein schwarzgoldenes, geflügeltes Pferd. Gleich einem Pegasus, der in seinem ärmlichen Stall auf der gegenüberliegenden Insel mit kristallener Stimme für den armen Jungen des Fischers und Lastkahnfahrers wieherte. Der arme Junge mit einem Herzen, reiner noch, als das Paradies, wurde hochgerissen, angezogen von der kristallenen Stimme des schwarzgoldenen Pferdes. Er zog zu dem Stall und sobald er den schwarzgoldenen Hengst ansah, setzte er sich auf seine goldene Kruppe und flog zusammen mit ihm bis in die Wolken. Es flatterte genau vor dem zweigezackten Kap, und wie durch ein erstaunliches Wunder hielten alle Winde, die seine Gewässer mit Wirbeln, Strudeln und Stürmen hüteten, plötzlich inne. In einer schwarzen, schrecklichen Höhle parierte das geflügelte Pferd und der arme Junge des Fischers und Lastkahnfahrers, verlor sich in der unheilvollen Höhlung. Er ging und ging und plötzlich wisperte ein sinnlicher Laut, süßer noch als Honig seinen Namen. Er war verwirrt, aber er zauderte nicht. Er erblickte eine wunderschöne

Die Sage von der Meerjungfrau

Meerjungfrau mit tiefschwarzen Haaren und Augen, schwärzer noch als die des Teufels, auf der Laute spielend. Die Zauberlaute der Meerjungfrau, aber vor allem die eigenartige Schönheit und die schwarzen Haare der Schönen, rührt das Herz des armen Jünglings, Sohn des Fischers und Lastkahnfahrers, bis zum Wahnsinn. Er setzte sich neben sie und sang mit ihr das Lied der ewigen Liebe. Im hitzigen Fieberwahn der Liebe, ungewollt, gab der Jüngling der Jungfrau den bitteren Eid, dass er töten würde, die Eltern, den Bruder, die Schwester und deren Blut trinken, auf dass er ihr wiederbegegne, um in ihren Armen die Liebe zu kosten. Den Eid, den er an jenem Abend leistete, hielt der Jüngling, Sohn des Fischers und Lastkahnfahrers, und zurückkehrend auf die andere Insel, schickte er mit scharfem Messer Vater, Mutter, Bruder und Schwester in die schwarze Welt des Hades. Verflucht jetzt von den Menschen, mit tollwütigem Durst wie ein schmutziger Vampir, irrte er in der Stadt umher, wo keiner ihm die Türe öffnete. Gleich darauf, mit tief verzweifeltem Blick, überschaute er geradeaus das Meer und bat die Jungfrau, die wunderschöne, die meergeborene, das Pferd, das geflügelte, das schwarzgoldene eilends zu senden, damit er dort in ihrer leidenschaftlichen Umarmung, die von den Menschen zerstörte Ruhe mit ihrer Laute wiederfinde. Aber die schwarzhaarige Schöne, die meergeborene, hielt nicht ihren Schwur und das schwarzgoldene Pferd erschien nicht um ihn zu holen. Verrückt vor Begehren, verloren in Hoffnungslosigkeit, traf er die kühne Entscheidung, allein bis zum zweigezackten Kap zu schwimmen, und mit den Wirbeln, Strudeln und Stürmen wie ein Mann, heldenhaft zu kämpfen. Weh' ihm, wie tragisch, und wie verhängnisvoll! Was blieb ihm jedoch anderes übrig. Der Ort, dieser schauderhafte, hielt ihn nicht länger. Zwei Tage und Nächte schwamm er unermüdlich und als er die Wirbel, Strudel und Stürme erreichte, konnte er nicht länger. Sie nahmen ihn, sie wickelten ihn fest in den Quirl des Satans und in ihre bodenlose Tiefen, wenige Meter vor dem zweigezackten Kap, dort, wie die Sage erzählt, in einer Höhle die wunderschöne Jungfrau, die Meergeborene, mit ihrer Zauberlaute sang, holte ihn der Tod ein.

✲ ✲ ✲

Der letzte Brief

Ich bin in schwere Melancholie verfallen. Es gibt verschiedene Zeiten des Jahres, in denen mich kein Ort hält, und die mir somit die Vergeblichkeit unserer Existenz zu Bewusstsein bringen. In eine solche Jahreszeit bin ich gerade verwickelt. Tausende von Malen habe ich daran gedacht, die Autorität, die Leben genannt wird, niederzureißen, aber jedes Mal werde ich mir meines unreifen Zustandes bewusst. Ich bin der Meinung, dass die Säfte in mir noch nicht dickflüssig genug sind. Ich brauche das Liegen in der Sonne. Weißt du, vielleicht werde ich dann etwas erreichen. Vielleicht, wenn mich die Sonne verspottet, werde ich etwas lernen. Werde ich die idiotische Maske, die mir Betrübnis und Langeweile einflößt, vernichten. Halt. Ein Ton, wahrscheinlich von dem Absätzchen einer Frau, kommt mir zu Ohren. Ich will an das geöffnete Fenster stürzen und außer mir schreien: Meine Frau, du sollst glücklich sein. Der Absatz verschwindet um die Ecke. Der charakteristische Ton, voll tiefgründiger Versprechungen ist verstummt. Vergeblich, verloren.

Meine geliebte Schublade mit den bunten Stiften wird mich trösten. Ich werde die Spitzen abbrechen und sie von neuem anspitzen. Diese Tatsache erfüllt mich mit wilder Freude. Ich stürzte mich mit Leidenschaft auf die Arbeit. Ich spitzte und zerbrach. Aufregend. Die Anhäufung der dünnblättrigen Buntstiftspäne vermehrte sich wie toll. Ich hatte bereits das erste Häuflein von Spitzabfällen geschaffen. Die daneben liegenden abgebrochenen Minen hütete ich sorgfältig. Die hübsche Menge, die sich aus meinen kleinen, bunten Spitzen gebildet hatte, glaube ich, würde auch bei dem kunstlosesten Menschen Inspiration entfachen.

Der Tagesanbruch fand mich auf nacktem Boden liegend, neben den Spitzabfällen, in einer absonderlichen, durch meine Adern fließenden Gemütsstimmung. Das Gehirn war getrübt. Ich schnappte in die Höhe. Das ist es, kreischte ich. Das Zeichen, das ich schon seit langem erwartete. Die merkwürdige Gemütsstimmung, das getrübte Gehirn. Ich bin mir sicher. Zweifel haben keinen Platz. Der geeignete Tag war gekommen, wenn auch sehr plötzlich, von einer Nacht bis zum nächsten Tagesanbruch, ohne Liegen in der Sonne.

Und dennoch, heute hatte ich die volle Reife erreicht. Ich bin bereit. Der Sklave war erwacht. Er wird den Körper töten und selbst zum Herrn werden. Ein anderer Sklave wird beherrscht und tyrannisiert werden. Die kärglichen Ersparnisse werden ihre Verwertung finden. Sie werden ihr Werk auf die rechte Weise ausführen, sie werden meine Schuld ohne Umschweife begleichen.

Der Bus begann schon bergab ins Stadtzentrum zu fahren. Die großen Augenblicke, die der größten Glückseligkeit, näherten sich. Mein Plan, meine Pflicht ist einfach, zugleich aber auch so bedeutend. Das Geld wird mir nur aus diesem einzigen Grund von Nutzen sein: Ich werde mit ihm das Glück kaufen. Ich werde bis zum letzten Pfennig so viele Käfige mit Vögeln kaufen, wie es mir nur möglich ist und ich werde ihnen die Freiheit schenken. Ich werde sie dorthin bringen, wohin sie gehören, in den Wald, in den Himmel, in die Wolken.

Es ist jetzt bereits sieben Uhr zwanzig am Nachmittag und ich fühle, wie die Fanfare der Hoffnung unter den zackigen, spitzigen Zähnen der Erfahrung, meiner Schuld, zermalmt wird. Ich brauche nichts mehr. Der trauervolle Rosenkranz der menschlichen Disharmonie zählt mir zum letzten Mal seine spärlichen Perlen.

Der Bullenbeißer der unsichtbaren Wohlhabenheit besiegte die Selbstsucht (Egoismus, Eigenliebe), das Echo der brodelnden Flüssigkeiten der blendenden, unrhythmischen Gesellschaft des Basalts. Das darüber hinaus ruft mich mein Freund. Es ist sieben Uhr

Zeibekiko

dreißig. In Kürze werde ich unter den Häuflein der Späne und den spitzigen Näschen der bunten Stifte verschwinden. Es mag dann vielleicht zwanzig vor acht sein. An dich also wende ich mich, der du mich morgen, nächste Woche, nächsten Monat vielleicht, finden wirst. Mein Gestank wird dich bis hierher führen, einen Toten erblickend mit einem daneben liegenden Brief.

✧ ✧ ✧